君という光

緋山 宥 HIYAMA Yu

文芸社

君の笑った顔が僕に死ぬことの恐怖を植え付けた。

1

　ある夏の夜、彼女は線路上に架かる歩道橋から、走ってくる電車に飛び込もうとしていた。それを見た俺は彼女が線路に飛び込むのを止めた。実に頭の狂った方法で。

「お姉さん、飛び込みよりも首吊りの方が多分楽だと思うよ」

　俺の声を聞いて彼女はかなり驚いたような顔をしていた。そしてその間に、彼女が飛び込んでぶつかろうとしていた電車は過ぎ去っていった。

　彼女は俺の方を見た。そして彼女の自殺を止め、彼女の勇気を、覚悟を、軽率に踏みにじった俺を睨んでいた。それはまるで俺が親の仇であるかのような表情だった。

だが俺はそんなことは全く気にせず、再び彼女に声を掛け、同じことを告げた。

「お姉さん、首吊りの方が楽だと思うよ。それに飛び込みだと色々と後が面倒なことになるしね」

「なんなんですかあなたは、何を言っているんですか？」

俺のことを睨み続けながら彼女は聞いてきた。まあ、当然の反応だろう。ただ自殺を邪魔したのではなく、別の方法を提示しているのだから。

俺は彼女の問いに答える気は全くと言っていいほど無かった。

「お姉さん、今飛び込み自殺しようとしてたでしょ？　なんでそんな痛そうな死に方選ぶのか気になってさ。絶対に首吊りの方が楽なのに」

口を開くたびに首吊りを勧める俺は、彼女からしたら相当な不審者でかなり怖いものだろう。現に彼女の表情は俺に対して怯えているようにも見えた。

「三本も電車が通り過ぎるのを見送るくらい怖いなら、別の方法にした方が良いと思って声掛けたんだけど、もしかして迷惑だった？」

「い、いつから見ていたんですか？」

「んー、お姉さんがそこから下の線路を眺めてたとこからかな。だいぶ最初の方じゃない？　なんか変わったことしてる人いるなと思ったから、ついつい足を止めて見入ってしまったよ」

そう言いながら笑う俺のことを彼女は怯えた様子で、そして今にも泣き出しそうになりながら見ていた。

「あ、お姉さんの自殺を止めようとかはこれっぽっちも思ってないから安心して」

「どうして、止めようとしないの？」

恐る恐る彼女は聞いてきた。

「え、だってお姉さん、死にたいから飛び込もうとしてたんじゃないの？　まあ、飛び込みの邪魔しておいてこんなこと言うのもあれだけど、死のうとしてる人の邪魔は俺は基本しないよ。その選択肢を尊重するね」

俺の言っていることが理解し難いものだったのだろう。彼女は長い髪を揺らしながら意味がわからないと首を横に振った。そして急に泣き出した。

「ああ、ごめん、ごめん。やっと飛び込む勇気出たのに邪魔して悪かった。謝る。謝るから、泣かないで」

「……ない」

彼女が何かを言った。

「え？　聞こえないよ」

「死にたくなんかない」

そして彼女はその場にしゃがみ込み、泣き続けた。俺はどうしたらいいのかわからなかった。ゆえに、俺がした行動は彼女のもとまで行き、背中をさすってあげることだった。

しばらくの間、彼女の嗚咽が辺りに響き、なぜか俺は「大丈夫、大丈夫」と声を掛けながら彼女の背中をさすっていた。こういうときにどうするべきなのか、俺にはわからないのだ。

彼女が泣きやんだのは、すぐ真下を電車が三本通り過ぎた頃だった。

「お、ようやく泣きやんだ。何で思い詰めてたのかは知らないけど、とりあえずお姉さん的には邪魔されて正解だったみたいだね」

「ごめんなさい。止めてくれてありがとうございます」

さっきまで泣いていたせいで、まだ少し涙声のまま彼女はそう言った。

「別に感謝されるようなことはしてないよ。だから気にしなくていい。でもお姉さん、そんな泣くほど死ぬのが怖かったのに、どうして自殺なんてしようと思ったの？」

「実は彼氏に振られて、そのショックで死のうとしてました」

「そんなにその人のことが好きだったの？」

俺は単純な興味から聞いたつもりだった。だけど彼女は俺が相談に乗ってくれていると勘違いしたらしい。話を聞いてから俺は後悔した。

「好きでした。三年近く付き合って、彼のためなら何でもできると思ってたし、実際めちゃくちゃ尽くしました。それなのに浮気されて捨てられて、それで、もう生きてる意味ないと思っちゃって。でも今止めてもらって正気に戻ったっていうか、そんな感じで、本当にありがとうございます」

「それはなんか、ご愁傷様って感じだね」

「それで聞いてほしいんですよ。浮気されるだけならまだしも、彼、私に対して財布としか思ってなかったとか、重すぎて無理とか言ったんですよ？　酷くないですか？」

……どうしよ、まさかこんな話になるなんて思ってなかった。聞かなきゃよかった。

「酷い、です、ね？」

「あの、もっと聞いてほしいことあるんですけど、ここだとあれなので場所変えて話聞いてもらえませんか？」

これはもう逃げられないやつだ。

「わっかりました。ちなみに場所の候補は？」

「居酒屋とかどうでしょう？　ヤケ酒、付き合ってください。奢るので。あ、でも未成年なら他の所の方が良いかな」

真剣に場所の候補を考えている彼女の横で、俺はこれから少し先のことを想像して少しげんなりしていた。

「俺、二十歳なんで居酒屋で大丈夫ですよ」

「二十歳ってことは私の一個下か。あ、そういえば自己紹介がまだでしたね。私、水《みず》橋《はし》怜《れい》羅《ら》っていいます」

「あ、姫《ひめ》野《の》凜《りん》です」

互いに自己紹介を終えたところで、いったん財布を取りに彼女の住んでいるアパートに寄ってから、居酒屋に移動し、そして彼女の元カレに対する愚痴を延々と聞かされた。彼女はすぐに酔っ払い、何回も同じ話をするので最初から真面目に受け答えする気はなかったが、後半はほとんど適当に聞き流していた。

彼女が満足した頃、ほぼ強制的に連絡先を交換させられ、今度お礼をさせてほしいと言われた。何に対するお礼なのかはわからないが、とりあえず頷いておいた。

そして連絡先を交換した後、彼女は急に眠りだした。困った。俺はどうすればいいんだ？　このまま眠った彼女を放置するわけにもいかないし、俺の家に連れていくわけにもいかない。

「しょうがないなあ……」

俺は彼女の財布を取り出し、その中に入っている金で会計を済ませ、彼女のことをおぶって居酒屋を出た。

彼女の住んでいるアパートの大体の位置は覚えていたので、そこまで彼女を運ぶことにした。正直とてもめんどくさい。そしておぶっているのが女性と言えど、重たいのだ。

やっとのことで彼女の住むアパートにたどり着くと、彼女の鞄から鍵を取り出して中に入った。そして彼女をベッドに寝かせ、何か書置きを残しておこうと思い、紙とペンを探した。デスクの上にあったペンを借り、さっきの居酒屋でのレシートを取り出してそこに書置きを残して俺は自分の家に帰った。

＊

目が覚めると自室のベッドの上にいた。どうやら相当酔っ払ってしまったみたいだ。昨日会った彼、確か名前は姫野君、と連絡先を交換したところまでは覚えている。でもその後の記憶がない。そして頭が痛い。

起き上がってお水を飲み、またベッドに入ろうとしたときに、デスクの上に何かがあるのが見えた。それを手に取って見てみると、どうやら彼からの書置きのようだ。

『初対面の男相手に泥酔して眠るとかお姉さん無防備すぎっていうか危機感ゼロだね。後、お姉さんの元カレ、見た目からしてクズっぽいね。多分お姉さん人を見る目ないよ』

どうやら私を部屋まで運んでくれたのは彼らしい。そして多分財布に入っている元カレとのプリクラを見られたのだろう。酷い言われようだ。ん？　よく見てみたら私、相当貶されてない？

まあ、それはいったん置いておいて、彼に感謝と謝罪の連絡を入れよう。自殺を止めてもらっただけでなく、ヤケ酒に付き合わせて、挙句の果てに泥酔して眠った私を部屋まで運んでくれたのだ。

『昨日はすみませんでした。お礼とお詫びをしたいのですが、空いてる日ってありますか？　飲みか、ご飯奢らせてください』

メッセージを送ってからもう一度眠ることにした。

*

あれでよかったのだろうか？　ただの僕の自己満足なのではないか？

2

次の日、朝起きると昨日出会ったお姉さんから連絡が来ていた。別にお礼とかお詫びとかどうでもいいのになあ。まあ、奢ってもらえるならそれに越したことはないか。

『基本的にいつでも空いているので、お姉さんの都合いい日に合わせますよ』

適当に返信をして、薬を飲んでから大学に行く準備をする。準備と言っても退学届を出しに行くだけなので、数枚の書類をファイルに入れて鞄を持って家を出た。

大学を辞める理由は二つある。一つは大学に通う意味を見出せなくなったから。もう一つは人には言えない理由だ。

大学に着き、退学届を出すと、足早に大学を後にした。つまらない二年間だったなあ。そんなことを考えながら家に帰り、スマホを確認するとお姉さんから返信が来ていた。

『本当ですか！　それなら急かもしれないんですけど、今日の夜でもいいですか？』

今日の夜か、まあなんもすることないし大丈夫か。

『大丈夫ですよ～、酒飲みたい気分なんで飲みでおねがいしま～す』

タダ飯よりもタダ酒の方が得だろうという考えで、飲みを奢ってもらうことにした。しかし俺はこの日の夜、この選択を大きく後悔することになるとまだ気づいていなかった。彼女の酒癖の悪さを知らなかったのだ。

その後何回かのやり取りで、夜七時に駅前集合ということになった。店は俺が決めていいらしい。

少し眠たかったので、タバコを吸って薬を飲んでから夜まで少し眠ることにした。

スマホのアラームで目覚め、少しベッドの中でダラダラしてから出かける準備をする。顔を洗い、アームカバーをつけ、一応財布を鞄に突っ込み、スマホとタバコを持って家を出た。

約束の時間より少し早く駅に着いたが、彼女は先に来ていた。

「あれ、お姉さん来るの早いね。待たせちゃった？」

近づいて声を掛けると彼女は俺に気づいたらしく、イヤホンを外しながら俺の方を見た。

「来てくれてありがとうございます。後、昨日はすみませんでした。泥酔した挙句、家まで運んでもらっちゃって」

「あー、全然気にしなくていいよ。少し重たかったけど、そんな大した距離じゃなかったし」

「な、重……」

俺の少し重かったという発言が刺さったのだろう。彼女は唖然とした表情をしていた。その反応が面白くてつい笑ってしまった。

「それよりお姉さんってタバコ吸う人？」

急な俺の質問に戸惑いながらも彼女は首を横に振った。なんだ吸わないのか。

「タバコの煙自体は平気？　それとも嫌い？」

「得意ではないけど、一応平気と言えば平気かなあ」

この反応を見るに、多分彼女はタバコのにおいとか嫌いなんだろうな。残念。飲みながら吸えないのか。

「姫野君はタバコ吸う人なの？」

俺が彼女にタバコを吸うかとか聞いたからだろう。彼女は俺にそう質問してきた。

「んーいや、今日は吸わない人だよ」

俺の返答の意味がよくわからなかったのだろう。彼女は首を傾げている。まあ、その様子も面白いのでそのまま放置することにした。

「とりあえず店行こう。飲み放題ある居酒屋でいいよね？」

彼女が頷いたのを見て、駅の近くにあるチェーンの居酒屋に向かった。なぜかそこの居酒屋はいつも人が少なくてすいているので、俺が気に入っている店だ。店に着くと俺はハイボールを、彼女はレモンサワーを頼み乾杯した。

「改めて、昨日は本当にありがとうございました。そしてすみませんでした」

酒を一口飲むなり、彼女はまたお礼と謝罪をしてきた。

「全然気にしなくていいよ。むしろ、あれくらいでタダ酒飲めるならラッキーくらいだしね。あ、でも毎回おぶって運ぶのは嫌かな」

「私そんなに重たいですか？　一応ダイエットしてたんですけど」

「ダイエットしてようがしてまいが、人ってのは重たいんだよ。後、一応お姉さんの方が年上なんだから敬語使わなくていいよ」

　ふむ、と頷いてから、彼女はまた口を開いた。

「そういえばさっきの、タバコ、今日は吸わない人ってどういうこと？　普段は吸ってるってこと？」

「あー、あれはね、俺の喫煙者としてのプライドみたいなものかな。タバコ吸わない人とサシのときは吸わないようにするって決めてんの。わざわざ相手一人残して自分一人のためにタバコ吸う気にはならないね」

「へー、姫野君って優しい人なんだね」

　優しい？　俺が？　不思議なことを言うもんだなあ。俺は首を横に振ってから、手に持っていたグラスの中に入っているハイボールを一気に飲み干して、新しいものを注文した。

「飲むペース早いね。昨日も思ったけど、もしかして姫野君ってお酒強い？」

「お姉さんが弱すぎるだけ。俺くらいが普通だよ」

「私これでも周りの人たちよりもお酒強いはずなんだけどなあ」

　そう言って彼女はレモンサワーを飲み干し、また新しいものを注文した。

「あ、そうだ、今日は潰れないでね。また運ぶのめんどいから」

「気を付けます……」

それから食べたい物を注文し、しばらく適当に雑談しつつ酒を飲み、つまみを食べながら過ごした。

ある程度飲んだところで彼女の様子が変わった。酔っ払ったのだろう。まだ六杯目とかだぞ？　弱すぎるだろ。

「ねえ姫野君って普段何してる人なのお～？」

その話だいぶ序盤にしたはずなんだけどな。まあ答えてやるか。

「丁度今日大学辞めたから、今はニートだね」

ニートという言葉が気に入ったらしく、しばらく彼女は「ニート、ニート」と言いながらけらけらと笑っていた。

「なんで大学辞めたのお～？」

それもさっき話したよ！　まあいいや、面白いから答えてやろう。

「理由は二つ、一つは通う意味を感じなくなったから。もう一つは言えないね」

彼女はふーんと興味がないように相槌を打っていた。どうでもいいなら聞いてくるなよ！　と心の中でツッコミを入れる。

「あ！　そういえば！　私と元カレのプリクラ見たでしょ！」

急にそう言われ、ああ、そういえば見たなと思い頷くと、彼女は少し怒ったような素振りを見せた。

「勝手に人のプリクラ見た上に、クズっぽいねとか、人を見る目ないとか酷くない？」

「いや、プリクラはちらっと見えただけだし、実際話聞いた感じ元カレ、クズでしょ？　そしてそんなクズに貢いでたお姉さんは人を見る目ないよ」

僕の返答に彼女は少ししゅんとした表情を浮かべた。

「そんなことないもん。ていうか、お姉さんじゃなくて名前で呼んでよ。怜羅って」

「いや、お姉さんの方が呼びやすいから却下で」

「えー、じゃあさ、なんで昨日私に飛び込みじゃなくて首吊り勧めたの？」

話題があっちに行ったりこっちに行ったりで急に変わるなあ。実に酔っ払いの模範って感じだ。

「首吊りの方が楽だし確実だと思ってるからだよ。それよりお姉さん、もう酒飲むのストップ。水飲んで」

「嫌だ！　姫野君まだ飲んでるから私も飲むの！」

だめだこりゃ。これ以上彼女に酒を飲ませればまた寝られてしまう。それだけは絶対に避けたい。まだ飲み足りないけど俺も飲むのやめるか。

「ほら、俺も水飲むから、お姉さんも水飲んで」

それでもなお酒を飲もうとする彼女を何とかなだめて、無理やり水を飲ませた。そして飲み放題の時間が終わる頃には、彼女は多少正気を取り戻してくれた。ありがたい。

「お恥ずかしい姿をお見せしました……」

さっきまでの自分の言動を覚えているのだろう。申し訳なさそうに謝ってきた彼女の様子が面白すぎて、声をあげて笑ってしまった。

「面白かったから気にしなくていいよ。それより、ご馳走様です」

会計を済ませて外に出ると、彼女はまだ酔いが完全に抜けてはいないらしく、少しふらふらとしていた。

「お姉さん大丈夫？　一人でちゃんと歩いて帰れる？」

「大丈夫、なはず」

そう言って数歩斜めに歩いた後（彼女はまっすぐ進んだつもりなのだろう）、悲しそうな、恥ずかしそうな顔をしてこっちを見た。

「無理かも……」

しょうがないなあ。このまま彼女を一人で帰らせるほど俺の性格は悪くない。彼女の側まで歩いていき、横に並んだ。

「家まで送るよ。そんな状態で一人で帰らすの怖いから」

「ありがとう」

そう言ってなぜか彼女は腕を組んできた。は？　なんで？　その動作が自然すぎてつい受け入れてしまった。

「ごめん、私酔うと人に触れていたくなるの」

振りほどこうかとも思ったが、申し訳なさそうにそう言われ、仕方なく受け入れてあげることにした。そしてそのまま彼女の住むアパートまで歩いて行った。

「姫野君って優しいんだね、会ったばかりの私の話聞いてくれるし、こうして家まで送ってくれるし」

「別に、優しくなんてないよ。お姉さんの話聞いてたのは、人の不幸話を聞くのが大好きだからって理由だし。女性の酔っ払いを一人で帰らせる度胸がないだけだから」

「それでも優しいよ」

それだけ言うと彼女は黙り込んだ。何かこちらから声を掛けようかとも思ったが、なぜだかこの沈黙が心地よかったのでそのままお互いに無言のまま歩き続けた。

彼女の住むアパートに着いた頃、俺は思い出したかのように今思ったことを口にした。

「お姉さんやっぱり人見る目ないし、後、危機感とかなさすぎるよね。気を付けた方がいいよ。下手したら襲われたりするんだから」

それを聞いた彼女は少しむっとした表情を浮かべていた。

「そんな、誰にだってこんな風にならないもん。普段はこんなに酔わないし、たまたま二日連続で酔っちゃっただけ」

「まあ、そういうことにしといてあげるよ。じゃあ俺は帰るから。ばいば〜い」

後ろ手に手を振りながら、もう片方の手でポケットの中のタバコとライターを取り出し、吸いながら家に帰った。

またやってしまった。普段の飲みだとこんなに酔うことないのに、彼のペースに合わせて飲んでたらまた酔っ払ってしまった。恥ずかしい。しかも家まで送ってもらうだけじゃなくて、腕組んでたし。え？　何してんの私。何が酔うと人に触れたくなるだよ。まだ会って二日目の人になんでそんなことしたの？　しかもなんで彼はそれを受け入れてくれたの？　え？　どういうこと？　ていうか彼、お酒強すぎない？

家に着きシャワーを浴びて冷静になったところで、さっきまでの自分の言動や彼の言動を思い返して一人反省会を開いていた。

とりあえず、家まで送ってくれたことのお礼と、迷惑かけたことの謝罪を送ろう。

『今日もまた迷惑かけてしまってすみませんでした。後、わざわざ家まで送ってくれてありがとうございました』

よし、これで多分大丈夫だろう。

それにしても彼とお酒を飲みながら話をするのはとても心地よかった。そして彼の隣もなぜか安心できるものだった。もし彼さえよければまた会いたいな。

＊

そのままベッドに横になり、彼からの返信が来ないかそわそわしながらスマホをいじっていた。しかし、その日のうちに彼から返信が来ることはなかった。

＊

薬を飲んだ後、いつものように声が聞こえてくる。
『今日はずいぶんと楽しそうだったなあ。お前にそんな資格あるのか？』
『あなたに笑う資格なんてあるの？』
違う、違うんだ。わかってる。わかってるんだ。僕にそんな資格がないことくらい。
『そうだよなあ？　じゃあなんでお前はあんなに楽しそうにしていたんだ？』
『そうよね？　どうしてあなたは笑っていたの？』
そんなつもりじゃなかったんだ。ごめん。ごめん。ごめんなさい。ごめんなさい。

3

昼過ぎまでゆっくりと眠っていたらしい。大学に行く必要が無くなったため、アラームを掛けて眠ることもなかった。しばらくは今のニート生活を謳歌してやろう。まあ、謳歌すると言っても、俺にはあまり時間がないのだが。

スマホを見ると、昨日の夜に彼女からの連絡が来ていた。別にいちいち謝罪とか感謝とか伝えてこなくてていいのになあ。きっと律儀な人なのだろう。

『全然気にしないでいいよ。面白かったから』

彼女の連絡に対して返信してから、今日は何をしようか、今日だけではなく、しばらくの間何をして過ごそうかを考えた。だが、ろくなものが浮かばない。一応浮かんだもののリストを作ってはみたが、どれも微妙すぎる。
・酒を毎日浴びるほど飲む

・タバコを吸えるだけ吸う
・水族館に行く
・公園に行く
・墓参りに行く
これくらいしか浮かばなかった。とりあえず酒とタバコを買えるだけ買いに行こうと思い、薬を飲んでから近所のコンビニに行った。そこでウイスキーのボトルを三本と金ピースをワンカートン買った。とりあえず当分はこれくらいで足りるだろう。

買い物を終え、家に帰りスマホを見ると、彼女からまた連絡が来ていた。

『それならよかったです。あの、もしよかったらなんですけど、また今度一緒に飲みに行ったりしませんか？』

思わず笑ってしまった。だがその提案は今の俺にとっては中々にいい提案だったため、すぐに了承の返事をした。

『いいよ。当分の間はなんも予定ないから、多分誘ってもらえればいつでも行けると思う』

返信をしたところでタバコを吸いにベランダに出て、適当に音楽を流しながらダラダラと時間をかけてタバコを二本吸った。吸い終えたところでスマホの画面を見ると彼女からもう返信が来ていた。

『やった！　また急なんですけど、今晩とかどうですか？』

どんだけ酒飲むのが好きなんだあの女は。面白すぎる。そして特に断る理由もないため俺もその提案に乗る。彼女も中々に頭が悪いが俺も大概だ。

『お姉さん最高に頭悪いね。でも素晴らしすぎる提案だよ。何時にどこ行けばいいか教えて』

そしてまた今日も、夜の七時に昨日と同じく駅前に集合ということになった。ただ今回違うのは、彼女と飲みに行く前に俺は家で先に少し酒を飲んでから行くということだ。

とりあえず薬を飲んでからウイスキーをグラスに注ぎ、ストレートでゆっくりと飲んでいく。二杯ほど飲んで、少しふわふわしてきたところで水を軽く飲んでいると約束の時間が近づいてきていた。必要な準備はあらかじめしておいたので、イヤホンを耳に着けながら家を出た。

かつての親友が勧めてくれたバンドの曲を聴きながら駅に向かう途中で、なぜ彼女がまた俺を飲みに誘ってきたのかを考えていた。多分彼女は相当アホだ。出会って二日しか経ってないし、何より出会い方が最悪じゃないか。自殺を止めて別の方法を提示するような俺みたいな不審者とまた酒が飲みたいとは、変わり者の域を軽く超えている。

駅に着くと彼女はまだ来ておらず、タバコを吸いながら待つことにした。目の前の歩道に「路上喫煙禁止」とでかでかと書かれているが、知ったことか。ばれなきゃいいんだよ、ばれなきゃ。普通に考えたら俺のやっていることはいけないことだが、生憎、俺にはそんなまともな思考は残っていない。

丁度二本目を吸い終えた頃に彼女は小走りでやって来た。

「お姉さん、五分遅刻。五百円分多く金払ってね」

「ええ、そんなあ、次から気を付けるから今回は見逃してほしいな」

俺の冗談に対して本気で落ち込んだような表情を浮かべているのが可笑しくてしょうがなかった。

「で、今日は店どうするの？」

俺は笑いを堪えながら彼女に聞いた。

「私がよく友達と行くお店でもいい？」

「どこでもいいよ。お姉さんに任せる。あ、一応聞いときたいんだけど、そこ飲み放題ある？　ないと会計がとんでもないことになるけど」

「あるよ！　じゃあ、そこで決まりで」

こっち、と言って彼女に案内されながら店まで向かう。着いた店は俺が一回も行ったことがないような店だった。そして、なんか外装と内装がめちゃくちゃお洒落だった。ザ・女子大生が好きそうな店だ。

個室に案内され、飲み放題を頼み、昨日と同じく俺はハイボールを彼女はレモンサワーを頼んだ。酒が来るまでの間、俺は店の雰囲気にのまれてそわそわしていた。そんな様子を見て彼女は楽しそうに笑っていた。笑うんじゃねえ！　と思ったが、まあいいかと思い、そのまま笑わせておいた。

酒が運ばれてくると乾杯をしてから酒を飲んでいく。そして、あらかじめ飲み始めるときに彼女に伝えておこうと思っていたことを伝える。

「お姉さん、俺の飲むペースに合わせようとかしなくていいからね？　俺だいぶ飲み方荒いから、多分俺に合わせるとまたすぐに酔っ払うよ」

「ふっふっふ、今日は酔わないための準備をしてきたから平気なの。なんと私、さっきシジミの味噌汁を飲んできたからね。今日酔っ払って醜態を晒すのは私じゃなくて姫野君、君の方だよ」

自信満々にそう言う彼女の様子がとても可笑しくてしょうがなかった。多分それでも酔っ払って醜態を晒すのは彼女の方だろう。ていうか醜態を晒してきた自覚あったんだな。

「そんなお姉さんにハンデがあることを教えてあげよう。俺は来る前にすでに酒を少し飲んでいる。だけど、多分今回も醜態を晒すのはお姉さんの方だよ」

「そこまで言うなら、勝負だね。先に酔っ払った方が奢りっていうのはどう？」

「素晴らしい提案だね。今日もタダ酒かあ、ありがたい」

そこまで言って俺は手元のハイボールをすべて飲み干し、そしてとても頭の悪い狂った注文をしだした。

「すみません、梅酒ロック三つ一気にください」

俺のその注文を聞いて彼女はぽかんとしていた。そりゃそうだ。俺が今した注文は完全に彼女のことを舐め腐っているものなのだから。

「そんな注文して私に勝つ気あるの?」

不思議そうに聞かれたが、当たり前だ。勝つ気しかない。しかも完膚なきまでに圧倒的に勝つ気しかない。

「これくらいのハンデないと、お姉さんに勝ち目無くなっちゃうからねえ」

俺の煽りに対して、彼女は残ったレモンサワーを一気に飲んで答えてきた。

「私は乗せられないよ? ハンデありでもいいから君に勝ってみせるさ」

ほう、意外と冷静なんだなと思っていると、彼女はまたレモンサワーを頼んだ。彼女の酒が運ばれてくる間に俺は手元にある三つのグラスの中身をすべて飲み干し、すぐにまた同じものを三つ注文した。

それから互いにつまみになる物を何品か頼み、それを食べながら酒を飲み続けた。

「そういえば、ここのお店喫煙所あるから、気軽に吸ってきていいよ」

彼女が今思い出したかのようにそう言うので、それに対し俺は首を横に振った。

「昨日も言ったけど、俺は基本タバコ吸わない人とサシのときは吸わないよ」

「別に気にしないのになあ。やっぱり姫野君って思いやりのある優しい人なんだね」

「これはただの俺のプライドだから、優しさとか思いやりとかではない」

そう断言し、俺は梅酒を飲み続ける。優しさとか思いやりがある人間が路上喫煙などするはずがないだろう？

それから一時間近くが経ったところで決着がついた。勝者はもちろん俺、のはずだった。くそ！　相手を舐めすぎていた。

「姫野君、どうやら君の負けみたいだね？」

「こんなはずじゃなかった。ていうかお姉さん全然飲んでねえじゃん！　ずりぃよ！」

「ふっふっふ、これも私の作戦なのだよ。素直に負けを認めたまえ。そして私を舐めたことを後悔したまえ」

完全にずるだ。俺の飲むペースに合わせなくてもいいとは言ったが、まさか四杯しか飲まないとは思いもしなかった。顔が赤くなった俺のことを見て彼女は愉快そうに笑っている。舐めたことをしていたせいで俺のプライドに少し傷がついた。

「まあいいや。負けは認めよう。今日は俺の奢りだ。だけどお姉さんに残念なお知らせだ。俺はまだまだ飲める。そして俺は酔っても理性が強く残るタイプだ。ゆえに、醜態を晒すことはないし、お姉さんが潰れるまで飲ませるからその気でいてね」

「えー、面白くないなあ。姫野君が泥酔して醜態を晒す姿が見たかったのになあ」

彼女の言葉を無視していったん休憩しようと思い水を頼み、それをゆっくり飲みながら話していた。

「それにしても、まさか俺の挑発に乗ってこないとは思わなかったなあ。絶対に意地でもペース合わせてくると思ってたのに」

結構本気で落ち込む俺の様子が可笑しかったのだろう、彼女は愉快そうに笑っていた。

「しょうがないなあ、こっから君のペースに合わせてあげるよ。だから早くその手元のお水を飲み干しなさい」

「お姉さんそれ本気で言ってる？　理性残ってるとはいえ、今俺酔ってるから本気で潰しにいくよ？」

「望むところだ。やれるもんならやってみなよ。シジミの味噌汁の力を思い知ることになるだけだからね」

俺は水を一気に飲み干し、ハイボールを注文した。そこから互いに、とてもくだらない意地とプライドを賭けた勝負が始まった。そしてその勝負は二十分で決着がついた。彼女が潰れたのだ。そりゃそうだ。酒が弱い人が俺の飲むペースについてこれるわけがない。それくらい俺の酒の飲み方は荒いのだ。

「お姉さん、どうやら先に潰れたのはお姉さんみたいだね」

「まだまだあ！　飲めるもん！　なんてったって私は今日、シジミの味噌汁を飲んできたんだからね！」

どんだけシジミの味噌汁を信用してんだこの人。とりあえず、これ以上彼女に酒を飲ませるわけにはいかない。また運ぶのは嫌だ。そんなことを考えている俺をよそに、彼女は追加で酒を頼みだした。

「ちょっと、お姉さん、アホなの？　それ以上飲んだら寝るって。ストップ。ストップ」

「嫌だあ！　まだ飲む！　寝たら姫野君が運んでくれるから別にいいもん！」

よくねえよ！　と心の中でツッコミを入れながら彼女のもとに運ばれてきたレモンサワーを奪い取り一気に全部飲んだ。そして追加で水を二杯頼んだ。

「あ！　何するのさ！　私のお酒！」

「お姉さん、今日はここまでだ。また今度飲みに来ればいいんだよ。だから今日はもうおしまい」

「そんなあああ……」

とても悲しそうな顔をする彼女を眺めながら水を飲む。そして、無理やり彼女にも水を飲ませる。

彼女が水を飲んでいる間に会計を済ませ、外に出る準備をする。恐らく今日も彼女を送ることになるのだろう。

「お姉さん、そろそろ店出るよ」

「えー、もう少し待ってほしい」

「ダメ、待たない。ほら、早く」

ごねる彼女を無理やり立たせて店を出た。外に出ると当たり前のように彼女は腕を組んできた。またか。まあいいか。

互いに無言でしばらく歩いていると、ブランコと滑り台だけがある小さな公園を通り掛かったときに彼女が口を開いた。

「ねえ、少しだけ公園寄っていこう？」

まあ、いい酔い覚ましにはなるかと思い、公園に寄ることにした。二つあるブランコにそれぞれ腰掛けてダラダラと過ごす。こんな風に夜中に公園に来ていたことがあったなあと思っていると、彼女に声を掛けられた。はずだった。

「ねえねえ、また私と会ってくれる?」

『凛、また明日も来てくれるか?』

二人の声が重なって聞こえた。

「渚《なぎさ》……」

そう呟いた俺のことを、彼女は不思議そうに首を傾げて見つめていた。いけない、これは俺の役割じゃない。

「いや、何でもない。もちろんまた会ってあげるよ。お姉さんといるの意外と楽しいしね」

彼女は満足そうに頷いて、そういえばと言って口を開いた。

「姫野君がタバコ吸っているとこ見てみたいな」

「なんだ、そんなことか。別にいいけど、タバコの煙、嫌じゃないの?」

「あんまり好きじゃないけど、姫野君のだったら好きな気がするんだ」

言っている意味があまり理解できなかったが、まあいいか。ポケットから金ピースとライターを取り出して火をつけ吸う。俺のその姿を彼女はじっと見つめていた。なんだか恥ずかしいな。

「ねえ、一口吸ってみたいなあ」

今吸っているタバコが金ピースじゃなくキャスターとかメビウスならあげていたが、これは吸わせられない。タバコ初心者に金ピースはタールもニコチンも重たすぎる。俺は首を横に振った。

「ダメだよ。これは吸わせられない。多分お姉さんこれ一口でも吸ったら、むせるだけじゃなくて下手したら倒れるよ。だから吸わせてあげない」

「なんだ残念。でもやっぱり姫野君は優しいね」

「俺は優しくなんか……」

優しくなんかないと首を振り、そう言いかけたところでまた声が聞こえた。

『凛は優しいやつだな。俺みたいなやつと毎日こうして話してくれるんだから』

渚、やめてくれ、今は出てこないでくれ。頼むから。今聞こえた声を振り払うように、さっきよりも激しく首を横に振る俺のことを彼女は不思議そうに見ていた。

「姫野君？　どうしたの？」

「いや、何でもない。少し酔いが回りすぎていたみたいだ。それと俺は優しくなんかないよ。お姉さんの方がよっぽど優しいと思うよ」

「えへへ、照れるなあ」

『そうだよなあ。お前が優しいわけないよなあ？』

彼女の声は他の声にかき消されて、俺の耳には聞こえてこなかった。まんざらでもなさそうに照れる彼女を横目に、今聞こえてきた声が聞こえなかったふりをするためにタバコを吸い続けていた。そして、吸い終えたタイミングで彼女がそろそろ行こうと言ってブランコから立ち上がった。

そのまま当然のように腕を組んで、彼女を自宅まで送り届けてから家に帰った。

＊

今日は姫野君が酔っ払うところを見られた。でもこれといって変化がなかったのが残念だったな。あ、でも悔しがってる姫野君を見るのは面白かったな。

でも途中で彼がとっても悲しそうな表情を浮かべていたのが気になる。そして彼が口にした、多分人の名前だろう。『なぎさ』、彼は確かにそう言った。あれはいったい何だったのだろう？

当然のことだけど私は彼のことを何も知らない。だからこそ知りたいと思う。でも、彼の私との距離感の取り方が、まるで私を拒んでいるかのようにも感じる。だけど私が腕を組んでも嫌そうな素振りは見せなかった。だから余計に彼のことがわからない。それでもわかることは一つだけある。彼はとても優しい人だということだ。本人は否定していたが、彼は私の知っている他のどんな人よりも優しい。出会って間もないけど、それだけは確信して言える。

「姫野君がタバコ吸ってる姿、綺麗だったなあ」

一人呟くその声は浴室に響いた。

お風呂から上がり、着替えやスキンケアを終えた後、彼にまたメッセージを送ることにした。また彼とお酒が飲みたい。正直にそう思ったのだ。それに彼もまた飲みに行けばいいと言っていた。

『今日も家まで送ってくれてありがとう。姫野君さえよければ、また飲みに行ったりしたいなあ』

メッセージを送った後、彼からの返信を期待しながらベッドに横になり、そのまま眠りについた。

*

家に帰るまでの間も、家に着いて薬を飲んでからも、渚の声はずっと耳元で聞こえ続けていた。聞こえるはずのない、けれども確かに耳に残る声が。

『お前が優しいなんて笑えるよなあ。お前は優しいんじゃなくて卑怯なだけなのになあ！』

そうだ。その通りだ。僕は卑怯なだけだ。自分が傷つきたくないだけだ。わかってる。

『あの子も可哀そうに、いつかお前に裏切られて捨てられるんだからなあ』

『そうよね。あなたはそういう人だものね』

僕は息をのんだ。そして来ないでほしいと願っているその日を想像してしまう。

「嫌だ。そんなの嫌だ」

弱々しい僕の願いを二人は嘲笑う。

『無理に決まってるだろ。お前みたいな疫病神に魅入られちまったんだからな』

『あなたみたいな死神に憑りつかれて、あの女の子、可哀そうに』

もうやめてくれ。僕は逃げるようにグラスにウイスキーを注ぎ、飲み続けた。意識が朦朧として二人の声が聞こえなくなるまで飲み続けた。

二人の声が聞こえなくなったときに、丁度スマホの着信音が鳴った。彼女からだ。でも今の僕に彼女に返信するだけの気力はなかった。

4

激しい吐き気と共に目を覚ました。起き上がってトイレに行き、胃に残っていた液体をすべて吐き出す。しかし、それだけでは吐き気は収まらず、胃液まで吐いた。最悪の寝覚めだ。

薬を飲んでからタバコを吸いにベランダに出る。胃液を吐いた後なのもあってタバコの煙が喉にしみるような痛みを与えるが、そんなことは気にせず、咳き込みながらタバコを吸い続けた。

もう一度寝ようと思ったところで、昨日の夜彼女から連絡が来ていたことを思い出した。返信だけはしておこう。

『俺も楽しかったから、お姉さんの気が向いたらまた誘ってよ』

そう返信したところでベッドに横になったが、中々寝付ける気配はなく、諦めてそのまま起きることにした。

最近は俺でいるときは声が聞こえなくなっていたはずなのに、昨日ははっきりと聞こえた。渚の声が。なぜだ？　きっと彼女と公園に寄ったのが原因だろう。あの頃と似た状況だったたから、はっきりと渚の声が聞こえてしまったのだろう。危うく彼女の前で僕が出てきてしまうところだった。

なぜだかわからないが、このまま彼女と会い続けたらまた俺でいるときに渚の声が聞こえてくるような気がする。そして渚だけでなく、由奈《ゆな》の声もいずれは聞こえてくるのだろう。

そのとき俺は俺であり続けられるだろうか？　自信がない。そして彼女の前で僕が顔を出してしまう日が来てしまうのではないか？　もう一度はっきりと分ける必要がある。俺と僕を。彼女と会うにあたって僕の人格は必要ない。

昼過ぎまでベッドの上でスマホをいじってダラダラと過ごし、薬を飲んでから病院に行くための準備をして家を出た。

夏の太陽の明るすぎる陽射しが突き刺さるように感じられた。実に不愉快だ。歩くたびに身体からは汗がにじみ出てくる。それに加えて俺の精神をがりがりと削られているような感じがする。

やっとの思いで病院に着くと、診察券を出し、冷房の効いた待合室の端の方に座った。

呼ばれるのを待っている間にスマホをいじっていると、彼女からのメッセージが来た。

『やった！　それじゃあ今週末、一緒に出掛けない？　その後にお酒飲みに行こうよ！』

どこに行くかにもよるが、まあ悪くない提案だな。全然ありだ。

『どこ行くのかにもよるけど、いいよ。行こう』

そう返信をしたところで「姫野さん」と名前を呼ばれたので診察室へと入っていく。

「こんにちは。今日も来てくれてありがとう」

先生は毎回そう言う。それに対し、軽く頭を下げて返すといつもの質問が来る。

「諸々、調子はどうですか？」

俺はその問いにどう答えようか少しばかり考え込んでしまった。そして俺はすべて正直に話すことにした。

「最近、俺でいるときにまた声が聞こえてくるようになりました。あと、正直なところ薬が効いている気がしません」

先生は少し深刻そうな顔をしながら頷き、俺に確認してきた。

「俺でいるときっていうのは、前話してくれた人格の分離ってやつのことだね？」

俺はそうだと頷くと、またもや先生は深刻そうな顔をした。

人格の分離。これは俺が、いや、僕が僕を守るために僕とは別の人格である俺を作り出すということだ。僕というとても弱く、脆い人格を守るために俺というとても強靭な人格を作り出す。自殺した二人の声、かつての親友の渚と恋人の由奈の声が、ある日を境に二人同時に聞こえてくるようになった。僕を責め、早くお前も死ねと嘲笑う声が。それが聞こえるようになった頃から、僕は俺を作り出した。そうすることでしか僕を守れなかったのだ。

渚や由奈の死後に作り出した俺の人格が表に出ているときは、二人の声は聞こえない。そうやって俺は、聞こえ続ける二人の声や嘲笑から耳を背けた。しかし、俺を作り出してしばらく経った頃、二人の強い言葉が急に聞こえてくるようになった。僕はどうにかしてそれを抑えようと、聞こえないようにしようと、二年近くアルコール、タバコ、自傷に頼り続けてきた。

病院に通い、薬の服用やカウンセリングを続けているうちに二人の声は少しずつ収まってきていたが、彼女と過ごしたあの夜にははっきりと声が聞こえた。恐らく、俺は人と関わりをもつべきではないのだろう。

「私は正直、その方法は得策だとはやっぱり思えないな。そのせいで本来の君自身が余計に苦しんでいるようにも見えるし、その本来の君の抱える苦しみだとか痛みだとか辛さが見えにくくなっていると思うんだ。例えるなら、腕や足を擦りむいたからその部分ごとその腕と足を切り落としているようなものだと思うんだ。対処しているように見えて根本的な解決どころか、さらに悪化させているだけに見えるんだ。難しいとは思うけど、もしできるなら、俺としての君じゃなく、僕としての君の姿を見せてもらうことはできないかな?」

俺はまた考え込む。今、僕の人格を表に出すことは恐らく可能だ。だけどそのときかなりの高確率で、また声が聞こえてくるだろう。そのとき正気でいられる自信がない。

「僕を表に出すことはできます。だけど、そのときに発狂してしまうかもしれません。正直それがとても怖いんです。多分、発狂した自分は誰にも受け止められない」

先生は少し悲しそうな顔をした。そして俺の方をまっすぐに見て、ゆっくりと口を開いた。

「私ではやっぱりあなたを受け止めることができない、力不足だと感じさせてしまっているのですね。それでも私はあなたに誓います。力不足なりにあなたを受け止めると。ですから、少し、ほんの少しでいいから、私に僕を、あなたの本来の姿を見せてはくれませんか？」

俺は今目の前にいる先生のことを信じられるだろうか？　彼は僕のことを受け止めてくれるのだろうか？　俺のことを救おうとしてくれている人の目の前でそんなことを考えてしまう自分に腹が立ってきた。

俺はゆっくりと頷いてから、僕を表に出す。脆弱な人格の僕を。脈は早くなり、息は絶え絶えになりながら僕は話し出す。

「渚と由奈の声が毎日聞こえるんです。僕を責めるように、僕を否定するように、その声はずっと僕の耳元から離れてはくれない」

先生は優しい表情を浮かべていた。

「勇気を出してくれて、私を信じてくれてありがとう。君のかつての親友と恋人の声が聞こえてきたとき、そんなとき君はどうやって過ごしていますか？　どうやってそれと向き合っていますか？」

「薬を飲んでます。でも、全然効いてくれないから、酒を飲んで、タバコを吸って、自分の身体に傷を、リスカやレグカをして、必死にそれが聞こえないふりをしています」

先生は僕の目をまっすぐに真剣に見ていた。そして何かを言ってきた。はずだった。しかし、それは僕の耳には届かなかった。いや、正確に言うと他の声でかき消されていったのだ。渚と由奈の声で。

『お前、精神科に通ってどうするつもりだ？　意味ないだろ？』

『あなたが病院に通う意味ってあるのかしら？』

やめろ、やめてくれ。わかってる。何の意味もないってことくらい、僕が一番わかってる。

『だったら今すぐその無意味なカウンセリングやめちまえよ』

『そうよね。あなたが受けるにはもったいないわ』

一度聞こえ出した二人の声は止まることを知らない。僕はただひたすら首を横に振り続けた。僕の様子の変化に気づいたのだろう。先生が何かを言いながら僕の肩に触れているが、何を言っているのか全く聞き取れない。

『そんなことしてないでお前は早く死ぬべきなんだよ！』

『あなたに生きている価値なんてこれっぽっちもないのよ！』

僕はもう限界だった。その場で泣き崩れ発狂した僕に、先生は何かを言っている。だがそれは何の意味もない。僕の耳には渚と由奈からの罵声と嘲笑しか聞こえないのだ。

「ごめんなさい。ごめんなさい。ごめんなさい……」

何に対して謝っているのか自分でもわからなかった。それでもただひたすら何かに対して謝り続けていた。


気づくとベッドの上にいた。だがここは自室ではないことに天井を見て気づいた。恐らく発狂して、その場で意識を失ったのだろう。迷惑を掛けてしまったなと思っていると、先生が部屋に入ってきた。

「ようやく目覚めましたか。気分はどうですか？　申し訳ありません。私が無理を言ったせいで苦しい目にあわせてしまって」

そう言って頭を下げる先生の姿を見ていると、とても申し訳ない気持ちになった。

「気分は、まあ最悪ですね。でも謝らないでください。悪いのは俺ですから。最終的に僕を表に出すと決めたのは俺です。だから先生のせいじゃない」

そう言う俺のことを先生は悲しそうに見ていた。

「お願いがあるんです。今より強い薬をもらえませんか？　副作用とか依存性とかがあるのは十分承知の上で強い薬が欲しいんです」

先生は少し考える素振りを見せてから、渋々といった感じで俺の頼みを受けてくれた。

「ありがとうございます。ご迷惑をお掛けしました」

そう言って処方箋を受け取り、薬局に寄ってから俺は家に帰った。最悪の気分だった。家に着くと真っ先にベランダに出てタバコを吸った。吸い続けた。喉は焼けるように痛みだしていたし、咳も止まらなかった。それでも俺はタバコを吸い続けた。

多分、一箱くらい吸った頃にスマホの着信音が聞こえた。彼女からだ。

『水族館なんてどう？　で、その後に居酒屋行こうよ！』

そして、そのメッセージと共に送られてきた水族館の名前を見て俺は少し戸惑った。そこはかつて俺と由奈が二人で行った水族館だったのだ。俺がもう一度行かなければと思っていたあの水族館。恐らくこの提案に乗って彼女と共にこの水族館に行けば、ほぼ確実に俺の人格でいても由奈の声が聞こえてくるだろう。俺はそれに耐えられるのか？　わからない。

しばらくどうするべきかを考えていた。そして俺は途方もない恐怖感を抱えながらも覚悟を決めた。
『いいね。行こう。楽しみにしてるよ』
彼女に返信したところで薬を飲んで寝ることにした。

＊

彼からの返信を見て、私は一人でとても舞い上がっていた。これって実質デートだよね？　そう思っていいよね？　きゃあああ！　興奮しすぎて枕を何回もぼふぼふと叩いていた。週末が楽しみでしょうがない。どんな服を着て行こうかな？　可愛い系？　綺麗系？　それともかっこいい系？　色々考えながらクローゼットの中からたくさんの洋服を取り出して、鏡の前で一人ファッションショーをしていた。よし、可愛い系で行こう。私が最終的に選んだのは、ノースリーブの白のワンピースだった。

彼と一緒に水族館に行けるのが本当に楽しみでしょうがない。私は好きな人と水族館に行くのがとても好きなのだ。え、待って？　私、姫野君のこと好きになってる？　まだ出会ったばかりなのに？　いまさらのように気づいた自分の想いに驚きを隠せないでいた。

水族館の後の飲み、潰れないようにしなきゃ。いや、あえて潰れるのもありかもしれないなあ。あ、でも、彼に迷惑かけちゃうか。じゃあ駄目だ。彼に嫌われるようなことは極力したくない。

週末彼に会ったら、名前で呼んでみてもいいかな？　いいよね？

「凛君。凛君」

名前を呼ぶ練習をしてたら、急に恥ずかしくなってきた。当日緊張で変なことを喋ってしまわないよう気を付けよう。

＊

『あの子とあの水族館に行くのね。そんな資格あなたにあるの？』

由奈の声だ。そんな資格、僕にはない。でも、ないとわかっていても、僕は彼女と行きたいんだ。

『そんなわがまま許されると思っているの？』

『お前は一人で、おとなしくしとけばいいんだよ』

わかっている。僕は本来、人と関わるべきじゃないことも。彼女に会いたいと願うわがままが許されないことも。

『じゃあ、今からでもあの子に断りの連絡をするべきなんじゃないの?』

『どうせ会っても傷つけるだけだろ?』

やめてくれ。お願いだ。許してくれ。

『私たちを裏切って見捨てたあなたが幸せになるなんて、許せるわけがないじゃない』

『俺らを闇に突き落とした奴が光を求めていいわけがないだろ?』

「もうやめてくれ……」

僕は限界だった。いや限界など、もうとっくのとうに超えていたのだ。弱りきった僕の脆い心を渚と由奈は容赦なく砕きに来る。そして、早くお前も死ねと、言葉を突き刺してくる。

延々と続く渚と由奈の声から耳をそらすために、僕はまずアルコールに頼る。グラスに注ぐこともしないで、ウイスキーのボトルに直接口をつけ、飲めるだけ一気に無理やり飲む。喉から胃にかけて焼けるような熱が走り、全身を吐き気が包み込む。急いでトイレに向かい、今飲んだウイスキーをすべて吐き出した。それでもまだ渚と由奈の声は聞こえてくる。

『おい、見ろよ。あいつの無様な姿を』

『本当に滑稽ね』

僕はもう一度、今度はさっきよりも多い量のウイスキーを一気に胃に流し込み、またすべて吐き出した。とっくに酔いは回りきっており、平衡感覚も理性も失われていた。どうにかして壁に手をついて立ち上がり、よろよろとしながらベランダに出てタバコを吸った。恐らく一箱以上吸っただろうか。それでもまだ声は聞こえる。

『どうしてそんなことしてまで生きようとしているんだ？　早く死んじまえよ！』

『あなたに生きている価値なんてないこと、あなたが一番わかっているはずでしょう？　早く死になさいよ！』

僕はベッドの上で蹲って首を横に振り続けていた。一度立ち上がり、睡眠薬を大量に水で流し込み、カッターを持ってまたベッドの上に戻った。これから僕がやることは、僕ができる現段階での最後の抵抗は、これしかなかった。

『始まったぞ、あいつの一番面白いショーが！』

『さあ、今日はどのくらい深く、いけるかしらね？』

僕は少しだけ刃を出したカッターの先端を左手首に押し当て、一気にそれを引いた。

一回目から相当深く切れたらしく、血がぼたぼたと勢いよく傷口から溢れ出てきている。それでも渚と由奈の笑い声は消えてはくれない。僕はまたカッターを少しずらした位置に押し当て、そして引く。最初ほど深くは切れなかったが、それでも傷口からは血が勢いよく溢れて出てきていた。

「痛い。痛い。痛い。怖い。怖い。怖い。嫌だ。嫌だ。嫌だ。ごめんなさい。ごめんなさい。ごめんなさい……」

僕はそう呟きながらカッターを床に捨て、そのままベッドに横になった。アルコールのおかげか、ようやく薬が効いてきたらしく、そのまま意識を失うようにして眠りについた。

彼女との約束の週末まで、僕はずっと俺の人格を表に出すことができなかった。そして、延々と聞こえてくる渚と由奈の声を振り払うこともできなかった。

その間にウイスキーのボトルが二本、金ピースが全部無くなった。そして、僕の左腕と両足の太腿には、深いものから浅いものまで新しい傷が四十本以上できた。

5

約束当日、俺は予定よりもかなり早く目覚めた。前日までの過剰なアルコール摂取のせいで睡眠のリズムも質も狂っていたのだ。でも俺は安心していた。ちゃんと俺でいられている。

起き上がると、二日酔いでかなりの頭痛と吐き気が俺を襲い、また連日の自傷行為によって大量の血が流れていったため、貧血気味でふらふらとしていた。

とりあえずトイレに行って胃液を吐き出し、薬を大量の水で飲んでからまたベッドに横になった。そのときに見えた自分の左腕の傷は、見るに堪えないくらいグロテスクなものだった。いくつかは脂肪も切れており、その奥の中身が見えていた。多分両足の太腿も似たような感じになっているのだろうな。

ある程度薬が効いてきて頭痛も少し収まったタイミングでベッドから出てキッチン

へ行き、もう一度水を飲んでから、偶然冷蔵庫に入っていた豆腐を食べた。

部屋に戻り左腕と両足の太腿にティッシュをあて、その上から消毒液を大量にかける。そして、使い捨ての包帯でティッシュの上からぐるぐるときつく巻き付けてからシャワーを浴びた。こうでもしないとシャワーの水が直に傷口に当たってかなりしみて痛いのだ。

シャワーを浴び終えた後、傷口に巻いた包帯とティッシュをゆっくりと取り外し、優しくタオルを当てて水気を拭き取る。そして服を着た後、さっきと同じようにまた傷口の手当てをし、アームカバーを着ければ傷は完全に隠せる。ただ、正直アームカバーと傷口が擦れてかなり痛い。

一応胃薬を飲んでから、何か軽い食べ物とタバコを買いに近所のコンビニへ行った。相当顔色が悪かったのだろう、コンビニの店員は俺の顔を見て少し心配そうな表情をしていた。そんなことを気にも掛けずに、金ピースをワンカートンとゼリー飲料を二つ買い、家に戻った。

俺でいるときに見る自分の住む部屋の景色は、正直異常すぎるものだった。酒の空き瓶や空き缶が散乱し、タバコの空箱がそこら中に落ちていた。その中でも何より異常だったのは、床や壁、ベッド等が文字通り血塗れなのだ。ここにいて平然としていられるのは俺か、俺と同じくらい精神が狂っている人くらいだろう。

約束の時間までまだ少し余裕があった。だがこの異常すぎる空間に後少しでも長くいたら、きっと俺は俺ではなく、僕になってしまう。そう直感し、急いで準備をして逃げ出すように家を出た。

夏の陽射しはやはり辛い。特に今日みたいな日は地獄だ。太陽の熱が傷にしみる感じさえする。イヤホンの音量を上げ、どうにかして痛みをごまかしながら歩く。

待ち合わせ場所には三十分ほど早く着いた。どこかカフェにでも入ろうかと思って周りをうろうろしていると、後ろから肩を叩かれ、声を掛けられた。彼女の声だ。

「凛君！　もう来てたの？　早いね。待たせちゃった？」

イヤホンを外しながら振り返ると、白のノースリーブワンピースを着た彼女はとても心配そうな顔をしていた。どうしたんだ？

「凛君、大丈夫？　顔色すっごい悪いけど。体調悪い？」

ああ、なんだ、そういうことか。そんなに今の俺の顔色は悪いのか。なんだか可笑しくなってきてしまった。

「平気だよ。少し暑さにやられただけ。それよりお姉さん来るの早いね」

笑いながらそう言った俺を見て、少し安心したような表情を彼女は浮かべていた。

「確かに夏の陽射しって中々に暑いよね。凛君こそ来るの早いよ。あ、もしかして、私に会うのが楽しみで早く来ちゃったとか？」

それは違う、と即答しそうになったが、そういうことにしといてやろう。

「ああ、お姉さんに早く会いたくてしょうがなかったんだ」

軽い冗談のつもりだったのだが、彼女はなぜか照れていた。

「それより、早く行こ。暑すぎて倒れそうだ」

「うん。そういえば今、クラゲの特設展示やってるんだって！」

へー、と適当に返事をして、俺はあることを考えていた。クラゲ、か。

「そうだ、お姉さん賭けしようよ。じゃんけんして勝った方が水族館の入場料を払う。負けた方がその後の飲み代を払うってのはどう？」

「お、凛君にしては良い提案だね。乗った！」

そしてじゃんけんの結果、水族館代は俺が払うことになった。じゃんけんに負けたときの彼女はかなり悔しそうにしていて、とても面白かった。

「あ、でも水族館の中で掛かるお金全部、凛君が払うってことだよね？　ということは大きいぬいぐるみ買ってもらえるぞ！　やったあ！」

そう言ってガッツポーズをする彼女はとても可愛らしかった。ん？　待って。大きいぬいぐるみ？　買うわけねえだろ！

「ちょっと何言ってるかわかんないなー」

「えー、買ってくれないの？」

「買いません」

彼女は本気で落ち込んでいて、思わず声をあげて笑ってしまった。

そんなこんなで、水族館に入り、いろんな魚を彼女と「あれ可愛い」「あれ綺麗」とか言いながら見て回った。それはとても楽しかった。しかし、その結果俺は気を抜いてしまっていた。

水族館の最後にあるクラゲの特設展示の所に行ったとき、俺は自分の油断に、きっと大丈夫だろうという甘い考えに気づかされた。

そこは暗い部屋の中で様々な色のライトに照らされた数種類のクラゲの展示だった。

そして、それを見た彼女は俺の方を見て話し掛けてきた。はずだった。

「クラゲ、綺麗だね」

『クラゲ、綺麗ね。そうだ。凛、知ってる？　クラゲって体の九割が水分でできてるから、死ぬと水に溶けるんだよ。私、生まれ変わったらクラゲになりたいなあ。誰にも気づかれずに死ねるのってある意味幸せだと思わない？』

「由奈……」

こっちを見て不思議そうな顔をしている目の前の彼女の姿が、由奈の姿に重なって見えた。そして、俺は何も言えなくなってしまった。

「凛君？　どうしたの？　私は怜羅だよ？」

彼女のその声で正気を取り戻した。危うく僕が出てきてしまうところだった。

「ん、ああ、ごめん。何でもない。気にしないでくれ」

「なんか今日、凛君変だよ？　やっぱり体調悪い？　今日もうこれくらいにして解散する？」

本気で心配してくれているのだろう。だが俺はその提案に乗る気はない。

「ほんとに大丈夫だよ。今だって少しぼーっとしちゃっていただけだからね。それに俺は、約束は絶対に守る男だからね」

「ふふ、何それ。面白いこと言うね」

よかった。また笑ってくれた。彼女は笑った顔がよく似合う。

「さ、そろそろ行こう。売店寄っていくでしょ？　しょうがないから大きいぬいぐるみ買ってあげるよ」

「本当？　やったあ！」

無邪気な子供のように喜ぶ彼女の姿がすごく愛らしかった。

売店に行くと、彼女は大きいぬいぐるみではなく、小さいクラゲのストラップを二つ持ってきた。

「大きいぬいぐるみもいいかなって思ったんだけど、どうせなら凛君とお揃いしたいなって思って、どうかな？」

「いいよ。そうしよう。その方が安そうだしね」

「もう、なんでそういうこと言うかなあ」

そう言って笑う彼女がとても愛おしかった。そう思ったときだった。また声が聞こえた。

『ねえ凛、これお揃いで買おうよ』

あのときの、由奈との記憶がフラッシュバックした。まずい、このままだと俺は俺でいられない。

「ごめん、財布渡すからお姉さんが買って来てくれないかな？　ちょっとお手洗いに行きたくて」

「うん。わかった」

彼女に財布を渡し、近くのトイレに駆け込む。その間、由奈の声が聞こえていた。

『あーあ、お揃いなんてしちゃって、あの子の傷を増やすだけなのに、なんでそんなことしちゃったの？』

俺は今聞こえた声を聞こえないふりをして薬を飲み、トイレの個室に入って座り込んで耳を手で塞いだ。

『そんなことしても無駄よ。私たちはあなたから離れてあげない』

「僕、僕は、お、俺？　僕？　あ、ああ、僕は、俺は、あれ？　今は、どっち？　僕？　俺？」

完全に気が狂っていた。心臓は激しく脈打ち、過呼吸になる。しかし、落ち着くまでには五分程度で済んだ。きっと無意識に腕を掻きむしっていたのだろう。気づくと左腕がじんじんとかなり痛んでいた。そしてアームカバーから僅かに血が滲み、触れると指に血が着いた。

個室から出て、水でアームカバー全体を軽く洗ってからトイレを出た。彼女のもとまで行くとやはり彼女は心配そうな顔をしていた。お願いだ。そんな顔しないでくれ。笑っていてほしいんだ。

「凛君やっぱり体調悪いでしょ？　今日やっぱり早く帰った方がいいよ」

「大丈夫だって。それに多少の体調不良ごときで楽しみにしていた今日を失いたくないんだ。だからお姉さん。そんな顔しないで、可愛い顔が台無しだよ？」

「わかったけど、本当に無理ならすぐに言ってね？　約束だよ？」

ああ、と頷いて返すと彼女は少し安心したようだ。

水族館を出た後、飲むにはまだ早いということで、近くのカフェに入って軽食をとることにした。

彼女はメニューを見て何を頼もうか、しばらく考えていた。

「何でそんなに迷ってるの？」

「このティラミスにするか、こっちのワッフルにするかで悩んでるの。どっちがいいと思う？　ていうか凛君はもう決まったの？」

「じゃあ、お姉さんティラミス頼みなよ。俺ワッフル頼むから。んで、俺のワッフル半分あげるよ。俺今そんなにお腹すいてないから」

俺の提案を聞いて彼女は目を光らせた。

「いいの？　ありがとう。やっぱり凛君は優しいね」

「何回も言ってるけど、俺は優しくなんかないよ。ただ、たまたま俺が頼もうとしてたやつがお姉さんが悩んでたやつで、少し量多いなあって思ってただけだから」

「そういうことにしといてあげる」

そう言って微笑む彼女はとても綺麗だった。

カフェで二人で過ごしている間は、渚の声も由奈の声も聞こえてこなかった。

「ねえ、凛君って恋人いるの？」

「いるように見える？　いないよ。俺なんかに彼女はできないさ。それにもしいたら、こうしてお姉さんと二人で出掛けたりしないね」

「ふーん、じゃあ好きな人とかは？　いないの？」

いったい彼女は何を知りたいのだろう？　そんなこと聞いてどうするんだ？　不思

議に思いつつも彼女の問いに答える。

「いないよ。俺には誰かを好きになることは許されないんだ。その資格がないんだよ」

「何それ、よくわかんない」

彼女は不思議そうに首を傾げながら微笑んだ。まあ、当然の反応だろう。俺の言っている意味がわかる方がおかしい。そして、このまいけば彼女はもっと俺について聞いてくる気がした。だからその前に俺は話題を変える。彼女についての話題に。

「そういえばさ、何回か会ってるのに俺、お姉さんが普段何してる人なのか知らないんだよね。俺が知ってるお姉さんのことは、せいぜい、人を見る目がないってことと最高に頭が悪いってことくらいだし。お姉さんのこともっと教えてよ」

「ちょっと、凛君それ結構失礼なこと言ってる自覚ある？　まあいいけどさ。私は普段は女子大に通ってるよ。今は夏休みだから毎日暇なんだ」

「友達いなくて暇すぎるから、ほぼ不審者同然の俺とこうして出掛けているのかあ。納得、納得」

俺の返答に対し彼女は頬を膨らませた。そしてそのタイミングで、注文したティラミスとワッフルが運ばれてきた。いったん二人とも話すのをやめ、目の前の食べ物に夢中になる。

「凛君このティラミス、すごい美味しいよ。一口食べてみて」

そう言われて、俺は彼女の方を向いて口を開けた。彼女は一瞬戸惑いながらも俺の口の中にティラミスを運んだ。うん。確かに美味い。彼女がティラミスを食べるペースに合わせながらワッフルを食べて、丁度彼女が食べ終わったところで残りの半分のワッフルを彼女にあげた。

「本当にいいの？」

そう聞いてくる彼女にもちろんだと頷いて返すと、優しく微笑みながら嬉しそうに彼女はワッフルを食べていた。その様子に俺は完全に見とれてしまっていた。

彼女がワッフルを食べ終わる頃にはいい時間になっており、このまま居酒屋へ移動することになった。もう少し見とれていたかったと思ってしまっている自分に驚いていた。

その前にと、彼女は先程水族館で買ったクラゲのストラップを渡してきた。俺はそれを手に持っていた財布にすぐつけると、それを見た彼女は自分もと、持ってきていた鞄にストラップをつけていた。

その間に俺は伝票を持っていき会計を済ませたところで、彼女は財布を取り出しながら近づいてきた。

「払っといたから金出さなくていいよ」

「ええ、私の方が多く食べたんだからそれは申し訳ないよ。払わせて」

「貸しだと思ってくれたら嬉しいな」

まだ納得いっていない様子だったが、彼女はわかったと頷いた。

「ありがとう。ご馳走様」

そして彼女があらかじめ調べて予約を入れておいたという居酒屋へと向かった。そこは全席個室で、しかも全席喫煙可能席の店だった。

「私、凛君が吸うタバコのにおいなら好きだから、気にせず吸っていいよ」

相変わらず言っている意味がよくわからないが、そういうことならお言葉に甘えて吸わせていただこう。俺はポケットからタバコとライターを取り出して火をつけた。

俺がタバコを吸っている姿を彼女は嬉しそうに見つめてくる。なんか怖い。

「そんなじろじろ見られたら恥ずかしいし、なんか吸いづらいんだけど」

「えー、いいじゃん別に。減るもんじゃないんだしさ」

そこで店員がやって来て注文を聞かれたので、いつも通り俺はハイボールを、彼女はレモンサワーを頼んだ。俺は飲み物が運ばれてくると一口で一気に飲み干し、すぐ新しいものを注文した。

「凛君、飲み方荒すぎない？　大丈夫？」

「ん？　ああ、大丈夫だよ。今日はお姉さんに潰されたい気分なのかもしれない」

嘘だ。昨日までの酒の飲み方を完全に身体が覚えてしまっており、そのせいで一気飲みなどという頭の悪いことをしてしまったのだ。でもそのことを彼女に言うつもりは毛頭ない。

「なんか今日の凛君、やっぱり変だね」

「そんなことないよ。いつも通りさ」

今日水族館で見た魚のことやイルカやペンギンのショーの話をしながら酒を飲んでいるうちに彼女は酔っ払った。そして、彼女は俺に質問をしてきた。俺がタブーとしている質問を。

「そういえばさあ、凛君に聞きたいんだけど、『なぎさ』とか『ゆな』って誰のこと？」

いつかは聞かれるかもしれないと思っていた。だがその日がこんなにも早く来てしまうとは思いもしなかった。俺は彼女を深入りさせる気はない。ゆえに軽く受け流すことにした。

「渚はかつての親友。由奈はかつての恋人だよ」

「じゃあなんで、私といるときにその人たちの名前を呼んだの？　しかも、そのときの凛君、とても悲しそうな顔してたよ？」

「そう？　きっと気のせいだよ」

俺はどうやってこの話題を変えられるかを必死になって考えていた。しかし、何も思い浮かばなかった。そして酔っ払った彼女からの質問は止まらない。

「気のせいなんかじゃない。私の方見ながらすっごく悲しそうにその人たちの名前呼んでたもん。今日体調悪そうだったのもそれが原因？　その人たちは今どうしてるの？　凛君にとってその人たちはどんな人たちだったの？」

「それは、答えたくない。答えられない。ごめん」

俺の拒絶に対して彼女は少し悲しそうにしていた。だが、しょうがないのだ。俺自身でもまだちゃんと向き合えていないことを彼女に話してしまえば、きっと俺は俺でいられなくなり、僕が出てきてしまう。

「ちょっと、お手洗い行ってくるね」

そう言って俺は席を立った。彼女の質問から逃げたかった。それに左腕に触れた際にまた血が滲んできていたからだ。トイレに入り左腕を水で軽く流し席に戻ると、彼女が俺の右腕を引っ張ってきて隣に座らせてきた。考える間もなく彼女は俺の身体に寄り掛かり、腕を組んできた。

「凛君、あのとき私に声を掛けてくれてありがとう。私の話を聞いてくれてありがとう」

急に何に対する感謝なのかわからないが、お礼を言われ俺はただひたすらに困惑していた。

「どういうこと？　俺、お姉さんに何もしてないよ？」

それを聞いた彼女は首を大きく横に振った。

「今ね、私とても楽しくて、とても幸せなの。それもこれも、凛君が私の自殺を止めてくれたおかげ。だからね、凛君、ありがとう」

『凛、俺はこうしてお前といれて幸せだよ。ありがとうな』

『凛、私を選んでくれてありがとう。今私、すごく幸せ』

彼女の声は俺の耳には入ってこなかった。渚と由奈の笑顔の記憶、その声が色濃く俺の視覚と聴覚を奪った。

俺は首を横に振ることしかできなかった。今は、今だけは出てこないでくれ。お願いだから。

『誰との記憶を見てんだ？　よく思い出してみろよ。俺たちとの記憶に幸せなんてもの、ひとかけらもなかっただろ！』

『あなたに選ばれたせいで私たちは不幸になったのよ！　あなたなんかに出会わなければよかったわ！』

冷や汗が止まらなかった。怖い。このままでは彼女の前で僕が出てきてしまう。気づくと彼女はどこか泣きそうになりながら、不安そうに俺の顔を覗き込んでいた。

「凛君？　どうしたの？　大丈夫？」

俺は無言で頷き、平気な体を装った。

「ああ、大丈夫だよ。それよりお姉さん、さっきからグラスの中身減ってないけど、もしかしてもうギブアップ？」

俺は彼女を泥酔させて眠らせていったんこの場をしのごうと考えた。きっとすでに酔っ払っている彼女のことだ、少し煽れば潰れてくれるだろう。彼女は少し怪訝そうな顔をしながらも俺の挑発に乗ってくれた。

「まだまだ飲めるもん」

そう言ってグラスの中身を飲み干すと、彼女はぼんやりとした口調で俺が驚くことを言ってきた。

「凛君、私ね、凛君のことが好きみたい。こうして凛君の側にいられることがとても幸せに感じるの」

俺のことが好き？　確かに今彼女はそう言った。だが俺はそれに応えることはできない。

「お姉さん、それは多分何かの気の間違い、錯覚だよ。だから早く目を覚ました方がいい。俺なんか好きになっても何もいいことなんてないからさ」

優しくそう言った俺の声を聞いて、彼女は悲しそうな顔をした。

「錯覚じゃ、ないもん……」

そう言うと彼女は途端に睡魔に負けたのか、俺に寄り掛かったまま眠りについた。

「助かった……」

ゆっくりと彼女から離れ、そっと彼女を寝かせると、俺は店員を呼んで水を二杯頼み、薬を飲んだ。それでもやはり、二人の声は止まることを知らない。

『おい、あいつまた逃げたぜ』

『本当に最低な人ね。あなたは』

耳を塞ぎ、目を塞ぎ、一切の情報をシャットアウトしようとするも、身体の内側から聞こえてくる声は耳に張り付いたままで何の効果もなかった。

『もうそろそろ自分の立場がわかってきたんじゃねえのか？』

『いい加減、自分が幸せになったり楽しんじゃいけないって理解したらどうかしら？』

ああ、もう駄目なのか……。

彼女の寝顔を見ていると、これから自分が選ばなくてはならないたった一つの選択肢が突き付けられた気がした。ここが潮時か。彼女の笑った顔をもっと側で見ていたかった。彼女との思い出がもっと欲しかった。こんな分不相応な願いを抱いてしまうのは、きっと彼女の自殺を止めたせいで一気に距離が近づいてしまったからだろう。

きっと彼女が俺のことを好きだと思ってしまったのもそれが原因だ。もうこれ以上の贅沢は許されない。きっと、これ以上彼女と一緒にいれば、俺は彼女を傷つけ、いずれは渚や由奈のように殺してしまう。

正直に言って彼女と二人で過ごすのはどこか懐かしささえ感じるほど心地よく、幸福感に溢れていた。だが俺にそんなことを感じる資格はないし、それを手放すのを惜しむようなことはしてはいけない。

席の利用時間が終わった頃、俺は彼女を何とかして揺り起こして水を飲ませ、その間に彼女の代わりに会計をして店を出た。彼女はふらふらとしながら俺の左腕に近寄ってきたが、それを避けて右側へと誘導する。彼女の綺麗な白のノースリーブワンピースを、俺の左腕から滲み出る血で汚すわけにはいかない。

互いに無言でゆっくりと歩いている中で、俺は今日で彼女と会うのは最後にしようと決めた。そして、渚や由奈の言う通りに死のうと決めた。彼女の住むアパートに着いた頃、俺は意を決して口を開いた。

「ねえお姉さん、さっきのカフェのお代で貸しにするって俺が言ったの覚えてる？」

「んん？　覚えてるよ？　それがどうかしたの？」

「その貸しなんだけどさ、明日以降は俺のことは忘れてほしいんだ。夏が見せた一時の蜃気楼みたいなものだと思ってほしいんだ。俺の存在自体が最初からそこにはいなかったって思ってほしい」

彼女は意味がわからないと首を横に振っていた。

「どうしてそんな悲しいこと言うの？　嫌だよ。私、凛君のこと忘れたくないし、まだこれからも凛君との思い出がたくさんほしいよ。だからそんなこと言わないでよ」

彼女がそう言うのと同時に別の声も聞こえてきた。

『おい見ろよ、あいつあの子のこと傷つけて捨てるぜ！』

『最低ね、卑怯なやり方だわ』

これ以上彼女といれば、そのうち俺は俺ではなく僕になってしまう。だから僕はこうするしかないんだ。

「ごめんね。これは今の僕にできる精一杯のことなんだ。これ以上お姉さんと一緒にいたら、きっと僕はお姉さんのこと殺しちゃう。短い間だったけど、お姉さんと一緒にいられた時間、僕はとても楽しかったよ。僕を好きって言ってくれてありがとう。さようなら」

僕はそう言って彼女の腕を振りほどいて、一度も振り返ることなく家に帰った。彼女の声が後ろから聞こえていたが、すべて聞こえないふりをしてやり過ごした。

耳元では渚と由奈の笑い声がずっと聞こえていた。

ここから僕が死ぬ準備をする一週間が始まる。

＊

水族館で凛君から渡された財布の中には、これから買おうとしていた物とよく似たクラゲのストラップが入っていた。前にもここに来たことがあったのだろうか？　いったいどんな人と来たのだろう？　彼のことだから自分の分だけ買うとは思えない。今日みたく誰かとお揃いで買ったのだろうか？　それにしても、なぜどこにもつけずに財布の中に入れたままにしているのだろう？　これから私が買おうとしているストラップもこうやってしまわれるのだろうか？　そう思っていただけに、カフェで彼が手早く財布にストラップをつけたのが嬉しかった。だけどそれと同時に、やはり財布の中にしまわれたままのストラップのことが気になった。

今日の楽しい記憶は、居酒屋に行ったところで終わりを迎えてしまった。

涙を堪えられなかった。それくらい彼が私のことを拒絶したことがショックだったのだ。何がいけなかったのだろう？　わからなかった。一緒にいる間に彼も私に少しずつ心を許してくれていると思っていた。彼は私のことを受け止めてくれるとも思っていた。

彼は誰かを好きになる資格がないと言った。それが許されないと。あれはどういう意味だったのだろう？　彼の過去に何か関係があるのか？　だとしたら彼が言っていた『なぎさ』と『ゆな』この二人が関係してくるのではないか？　彼はこの二人をかつての親友と恋人だったと言った。この二人が彼に何らかの影響を与えているのではないか？　明らかに今日の彼は体調が悪そうだった。どこか落ち着きがなく不安そうにしていた。

そして、いつも一人称が『俺』の彼が、最後だけ『僕』と言っていた。それに、私のことを殺してしまうとも言っていた。私は本当に彼のことを何も知らない。そしてそれを知る資格さえもっていないのだろう。だから彼は私を拒絶したのだろう。

私はもう何も考えられなくなっていた。溢れ出る涙と嗚咽。暗い部屋の中で私はただただ泣き続けた。

＊

『可哀そうになあ、お前なんかに出会っちまったせいであの子は傷ついたんだ』

『あの子の傷ついた顔見た？　とても可哀そうに』

わかっている。すべて僕がただの自己満足で彼女の自殺を止めてしまったのが原因だ。しかもただ止めるだけじゃなく、彼女の中に入り込んでしまった。そのせいで彼女のことを深く傷つけてしまった。全部僕一人のせいだ。僕だけが悪者なんだ。

『どうでもいいけど、悲劇の主人公ぶるのやめてくれねえかなあ？　反吐が出そうだ』

『あなただけが可哀そうだと思い込もうとしているようだけど、思い上がりもいいとこね』

それもそうだな。渚と由奈の声を一度受け入れてしまえば、あとは簡単だった。無理に聞こえないふりをして逃げようとするから、苦しみや痛みが伴うのだ。

僕はウイスキーの瓶に直接口をつけてゆっくりと流し込んだ。そして、僕が救えなかった、僕が見捨ててしまった、僕が拒絶してしまった二人のことを考える。あのときの二人の絶望した顔は、今でも鮮明に思い出せる。僕に対して必死に救いを求めていた二人の姿が頭から離れたことなど一度もない。

『おいおい、やめてくれよ。俺たちはお前が苦しむ姿以外、見たくねえんだよ』

『何穏やかそうな顔をしているのよ。もっと怯えた顔をしていなさいよ』

僕は首を横に振った。

「これくらい許してくれよ。最後くらい穏やかに過ごしたっていいじゃないか。後一週間で僕もそっちに行くんだからさ」

血塗れの部屋に僕の言葉は溶けて消える。僕はタバコに火をつけ、ゆっくりとその煙を吸い込み吐き出した。

『ふざけるなよ！　お前にそんなことが許されるわけがないだろうが！』

『そうよ！　最後の最後まで絶望のどん底で苦しみなさいよ！』

渚と由奈の怨嗟の怒号が聞こえるが、それはもう今の僕を傷つけるだけの力をもたない。

僕は後一週間で死ぬ準備をして、渚と由奈のもとへ行く。その決心が二人の声をかき消した。ただ一つ、彼女、水橋怜羅が最後に見せたひどく傷ついた表情だけが脳裏にこびりついて離れなかった。

「ごめんね……」

届くはずのない言葉を発したところで僕の意識には靄がかかりだし、完全にぷつりと途切れた。

6

一日目——

僕が大学を辞めた二つ目の理由、それは死ぬことに決めたからだ。日に日に大きく凶暴になっていく渚と由奈の声に耐えられなくなり、死のうと決意したのだ。

今日は夕方から病院に予約をしている。今日が最後のカウンセリングになる。カウンセリングだけじゃない、これから僕がすることのほとんどには、頭に「最後の」がつくようになる。だからと言って、何かこれから自分がすることを美化しようとしたりはしない。これはただの準備期間なのだ。

昼過ぎに目覚めた僕はすぐにベランダに出て、音楽を聴きながらタバコを吸った。そして吸い終わるとまたベッドの上に横になって、ただ天井を眺めて過ごす。これを繰り返していくうちに夕方になっていた。

僕は傷を隠すために暑さに耐えるのは馬鹿馬鹿しいと思い。普段は他人に見られないように気を付けている傷を隠すこともせず、半袖に七分丈のパンツを履いて家を出た。もちろん包帯も巻いていなければ、アームカバーも着けていない。

すれ違う人々は、僕の暴力性がむき出しになったそのグロテスクなおびただしい数の傷を見て顔をしかめた。しかし、そんなこと僕の知ったことではない。他人にどう思われようが、これから死ぬ人間には関係のないことなのだ。

病院に着くと待ち時間もなく、すぐ診察室に通された。そこで先生は少し悲しそうな顔を浮かべてから、いつも通りの言葉を口にした。

「こんにちは。今日も来てくれてありがとう」

多分僕に聞きたいことがたくさんあるのだろう。そんな顔をしている。当然だ。今まで頑なに自傷による傷を隠し、見せてこなかった僕が、腕の傷を何も隠さずに露出させているのだから。それでも先生はいつもと変わらぬ問いをしてきた。

「諸々、調子はどうですか?」

それに対し、僕は正直に答える。それがたとえ先生を困らせるようなことだとしても。

「新しい薬はやっぱり効きませんでした。俺でいるときにも二人の声は聞こえていました。だけどもう気にしないことにしたんです。二人の声を、渚と由奈の声を受け入れてしまえばいいことに、やっと気づいたんです。だから僕はもう俺を作り出す必要がない。後一週間で僕は二人のもとへ行こうと思います」

先生が息をのんだ。そして、さっきよりも深い悲しみの表情を浮かべて、黙り込んでしまった。きっと何から聞こうか考えているのだろう。

「聞きたいことがたくさんあります。ただ、その前に確認したいのですが、今あなたは僕ですか？　それとも俺ですか？」

「僕は僕です」

「そうですか。二人の、かつての親友と恋人の声を受け入れるとは、具体的にどういうことですか？」

「そのままの意味です。渚や由奈の声を、その罵声や僕に対する恨み言をそのまま受け入れてやるんです。そうしたら何も感じなくなったんです。最初からそうしておけばよかったと思うほどに」

僕の返答にやはり先生は黙り込んでしまった。今の僕の答えを深掘りするか他の質問をするか悩んでいるのだろう。

「後一週間で二人のもとへ行くというのは、どういうことですか？」

「これもそのままの意味です。渚と由奈が僕の死を強く願っているから、僕はその願いを叶えようとしているんです」

「今までそれに抗い続けてきたあなたが、どうして急にそれを受け入れるようになってしまったのですか？　何かきっかけなどがあるのですか？」

きっかけ、か。もともとぼんやりとだが、いつかは死ななくてはいけないと思っていた。だから、きっかけというものがあるのかは僕にはわからない。強いて言うならば、彼女、水橋怜羅との出会いがきっかけだろう。彼女のぬくもりに触れ続けてしまえば、いずれ僕は彼女を死に導いてしまう。

「きっかけと言うには少し弱いですが、ある一人の女性との出会いがきっかけです。僕が彼女にこれ以上関わってしまえば彼女のことを壊してしまう。その前に彼女の前から姿を消そうと思ったんです」

「その彼女について詳しく教えてはくれませんか？　それに彼女の前から姿を消すだけなら、かつての親友と恋人のもとに行くことにはならないのではないですか？」

僕は彼女について話すことをためらった。彼女のことを話せば、きっと先生は彼女を生きる光として僕の命を繋ぎ止めようと説得してくるだろう。だがそれは僕の望むところじゃない。だから僕は首を横に振った。そして強い目で先生に向かって口を開いた。

「彼女については話す気はありません。今の僕には誰かの存在を光にする資格がないんです。言っている意味がわからないと思います。でもそれでいいんです。これは僕だけが知っていればいいことなので」

「あなたの覚悟は相当なものなのですね。あなたの目や傷を見ているとそれが伝わってきます。それでも私が今正直に思ったことを伝えさせてください。私は、あなたが死んでしまったら悲しいです」

僕はきっと良い先生に巡り会えたのだなと他人事のように思った。

「あなたのその覚悟を肯定することは、医者という立場からも、一人の人間としての立場からも、できません」

そう言う先生の表情はどこか必死だった。

「これでいいんですよ。これが最適なんです。もう耐えられない。正常な思考なんてものはとっくのとうに消えました」

先生は悲しい目をしていた。きっとどうにかして僕のことを繋ぎ止めようと考えてくれているのだろう。

「もっと、冷静になるべきです。時間を掛けてゆっくりと考えるべきだと私は思います。私なりの精一杯の抵抗をさせてください。一週間後、どうかもう一度ここに来ると、私と約束をしてはくれませんか？　あなたの心に何か変化があったときに、そのときにどこか居場所になるところを、誰かと話す時間を用意させてくれませんか？　そうでなければ、私は今すぐにあなたを大きい医療機関に送るか、あなたの緊急連絡先に連絡します」

きっとこの想いを無下にしてしまうことは許されないのだろう。それに、入院も実家と関わるのも僕の望むところではなかった。そう思い俺は頷いて口を開いた。

「約束は守ります。ですが、きっと僕の答えは変わらないと思います」

そこで今日で最後になるはずだった診察が終わった。

「ありがとうございます。それではまた来週、会えることを願っています」

先生に深く頭を下げて病院を出た。処方箋を一応貰い、薬局に寄ってから帰った。

家に着いてすぐにベランダに出てタバコを吸った。なぜかとても疲れていたのだ。人に自分のことを話すという行為は、とても心が疲れる。タバコを吸い終えると、ベッドの上に座り、ウイスキーを飲んで過ごした。その間に、明日以降どうやって過ごすかを考えていた。行かなければいけない場所もあるし、やらなければならないこともたくさんある。それをこの一週間ですべて終わらせなければならないのだ。

今日はもういい、疲れた。僕はウイスキーで薬を流し込み、そのまま眠りについた。

二日目——

ベランダで寝ぼけながらタバコを吸っていた。今日は部屋の掃除をするつもりだ。部屋中に散乱する酒の空き缶や空き瓶、タバコの空箱、そして血塗れの壁や床、それらを一気に処理するつもりだ。

タバコを吸い終えると掃除に必要な物を買いに外へ出た。まずコンビニに寄り、ゴミ袋とゼリー飲料を買った。今買ったゼリー飲料を飲みながら百均へと向かい、重曹とブラシを買った。

家に着くと早速掃除に取り掛かる。まずは散乱している酒の空き缶と空き瓶をすべて拾い集めて袋に入れていく。この時点でゴミ袋が三枚消えた。いったん三つのゴミ袋を住んでいるアパートの専用のゴミ捨て場に持っていく。本当は今日はこのゴミを出していい曜日じゃないが、そんなもの知ったことか。

ゴミを捨て、部屋に戻ったところで次はタバコの空箱を拾い集める。大きいサイズのゴミ袋を使っていたのに、丁度それ一杯にタバコの空箱が収まった。自分が今まで吸ったタバコの量がこんなに多いとは思いもしなかった。きっと、というか絶対に僕の肺は真っ黒だ。またゴミ捨て場までゴミ袋を捨てに行き、部屋に戻ると、足場が増えた気がした。しかしその分、床の血痕が際立つ。

このまま床や壁に付いた血痕を取ろうと思ったが、その前に部屋の中のいらないものをすべて捨ててしまおうと思い、部屋中を引っ掻き回した。だが元々あまり物を置いていなかったため、その作業はすぐに終わり、目の前には物が全くない血塗れな部屋が広がっていた。

いらないグラスに水と重曹を入れてかき混ぜ、今作った重曹水で床の血をブラシで擦っていく。最初は中々落ちなかったが、根気強く擦っていくうちに乾いた血痕は少しずつだが落ちていった。しかし、それは最近できた血痕で、一年以上経ったものとかになると、どれだけ擦っても落ちてくれることはなかった。

床の血痕をあらかた取り終えたら次は壁だ。壁も同様にして擦っていく。そのとき僕が考えていたことは、どうして壁にまで血が付いたのかだった。僕は止血をろくにしないでタバコを吸ったり、部屋中を歩き回ったりすることがあったため、床が血塗れになるのは至極当然のことなのだが、壁ともなると話が変わる。だが結局気にしてもしょうがないと思い、考えるのをやめて、無心で壁をブラシで擦っていった。

ある程度の作業が終わると、今まで異常な空間だった自分の部屋がいくらかましな部屋へと変わっていた。まあ、相変わらずベッドは血塗れなのだが。

少しの達成感を感じながらベランダに出てタバコを吸った。何かをやり終えた後のタバコは美味い。そのまま二本、三本と吸っていくと、どこからかいい匂いがしてきた。多分どっかの家の夕飯の匂いだろう。今の自分が嗅ぐには少し、幸せの濃度が高すぎる。火をつけたばかりだったが、タバコの火を消して自室へと逃げ込んだ。

いつからだろうか、何を食べても味を感じなくなったのは。美味しいという感覚を忘れたのは。そうなってからは僕の食欲は消えて無くなった。それからはただ食べやすい物という観点でしか、食べる物を選ばなくなっていた。その結果選ばれたのが、豆腐とゼリー飲料だ。噛む必要もなければ、変に手を加える必要もない。そして豆腐は酒とも相性が良かった。

少しの空腹を覚えたので、ウイスキーを飲みながら豆腐を食べることにした。そのときに気づいたことがあった。彼女、水橋怜羅と一緒に酒を飲んだり、何かを食べたりしている間は、味がしていた。そんな気がする。彼女と共に食べたワッフルやティラミスは、その中でも格段に美味かった。いや、ただの気のせいだろう。その場の雰囲気がそう感じさせただけだ。

明日は何をしようか。いや、もうすでに決めている。渚と過ごした公園に行くのだ。僕が死ぬまでに行くべき場所として、渚や由奈と過ごした思い出の場所に行くことは確定事項だった。そして、つい先日、由奈との思い出の場所には行った。となれば後は渚との思い出の場所だ。

明日は電車を乗り継いで地元までいき、渚と過ごした公園へと向かう予定だ。

『来てみろよ。お前が正気を保てなくなるくらい、ぼろぼろにしてやるからよ』

『あなたが惨めに泣く姿が目に浮かぶわ』

渚と由奈の声を受け入れるようになってからは、その言葉の凶暴性は増していった。

それほどまでにあの二人は僕を憎んでいるのだろう。だが僕は覚悟を決めている。だからたとえ、向かった先でどんなことが起ころうとも耐えきれると思っている。

『耐えきれるだと？　舐めたこと言いやがって』

『あなたは耐えきれなかったから、すべてを傷つけて捨てることにしたんでしょう？』

僕がすべてを傷つけて捨てた。直視しないでいた現実を残酷にも突き付けられた僕は、一瞬思考がフリーズしてしまった。そしてその隙を渚と由奈が見逃すわけがなかった。

『お前は自分だけが大事だもんな？　他の周りの人のことなんか、どうでもいいもんな？』

『理不尽な話よね。救いの手を差し伸べるふりをして、その手を相手がつかもうとした瞬間に振り払うんですもの』

違う、僕は本当に救いになろうとしたんだ。助けたかった。だけど僕には何の力もなかった。しょうがないじゃないか。

『お？　お得意の言い訳か？』

『口でなら何とでも言えるわよねえ』

受け入れると決めたはずの二人の声は僕の心に深く深く突き刺さり、そして抉っていく。僕はその痛みに耐えられなかった。手元のウイスキーの残りを一気に飲み干し、そしてすぐに吐き出した。

強い酩酊感が残る中で、それでもまだアルコールを求める身体を満足させるために、僕はふらふらとした足取りで近くのコンビニに行った。そこでウイスキーをボトルで三本買い、家に着いてから早速瓶に口をつけて、飲んで吐いてを繰り返した。

もうこれ以上は飲むことも吐くこともできないと身体が震えだしたところでベランダに出てタバコを吸った。視界はずっとぐにゃぐにゃと歪んでおり、身体は浮遊感を感じながらも、とても重たかった。そしてずっと吐き気に包まれていた。僕はいつだって急性アルコール中毒の一歩手前だった。僕は今日を生きるために、それだけのために、常に死の淵をゆっくりと時間をかけて歩いていた。

タバコを吸い終えるとカッターを手にベッドの上に座り、左手首を切った。そして、またベランダに出てタバコを吸った。その間、左腕を伝う血の感触が不快で不快でしょうがなかった。流れ出て腕を伝う血は、死に向かう僕を生に縛り付ける鎖のように映り、無意識下で僕自身が死に怯えているかのように感じさせた。

左腕や両足の太腿を一回切っては、タバコを一本吸うというのをしばらく繰り返していた。その間、僕のその滑稽な様子を見て渚と由奈は笑い続けていた。しかし、僕はその笑い声を気にもせず、床や壁に新しく着いた血を見て、ああ、また掃除しなくちゃいけないのか、と思っていた。

思い出したかのように薬を飲み、倒れ込むようにしてベッドに横になった。その瞬間意識が途切れた。

三日目――

起きてすぐに、昨日吐ききれなかったアルコールによる吐き気に襲われた。トイレに駆け込んで少しの液体と胃液を吐き出し、薬を飲んだ。そして、貧血によるふらつきに耐えながら、ベランダに出てタバコを吸った。僕は今日これから自分がすることについて考えていた。僕は正気を保っていられるだろうか？　その場で発狂して倒れてしまわないか？　正直不安だった。

部屋に戻ると、一応傷の手当てをしてから、昨日新たにでき、乾いた血痕を拭き取る。その後、軽くシャワーを浴び、再び傷の手当てをして出掛ける準備をする。傷を隠す気は今日もなかった。

必要なものを鞄に入れ、イヤホンを耳に着け、音楽を聴きながら家を出て駅へと向かう。その途中でコンビニに寄り、ゼリー飲料を買って飲んだ。さすがに何も胃に入れないと貧血や胃痛が辛いのだ。

駅に着くまでの間、コンビニで買い物をしている間、駅に着いてから電車を待っている間、傷だらけの僕の左腕を見た人たちはまるで化け物でも見たかのような視線を僕に向けていた。彼らの常識の範疇にないことをしている僕は、彼らからしたら本当に化け物みたいな存在なのだろう。きっと僕と同じ立場になったら、お前らもこうなるんだよ、と思いながら、無遠慮に自分に向けられる視線を無視する。

電車が来たところで乗り込み、端の席に座る。そして、乗り換えの駅に着くまでの間、スマホでマンガを読んでいた。するとふと、死んでしまったら、自分が今読んでいるマンガが完結するところが見られないのかと思い、何とも言えない気持ちになった。それでもマンガを読み進めているうちに、乗り換えの駅に着いた。

電車を乗り換えると、中は混雑しており、座ることは叶わず、左手でつり革を掴んで立っていた。その間僕の周りにいた人は、僕が怖かったのか、奇異のまなざしを向けながらも少し距離を取ってきた。まあ、当たり前の反応か。僕が逆の立場だったらきっと同じことをしていただろう。だから僕は周りのその反応にはあまり傷つくことはなかった。

電車に乗って五駅分ほど過ぎた頃だろうか、一人の老人が僕に声を掛けてきた。いや、声を掛けるというよりは、声を荒らげて肩を叩いてきたという表現が正しいか。イヤホンを外さなくても聞こえるくらいの声の大きさで、僕に向かってその老人は声を荒らげていた。

「そんな気持ち悪いものを見せつけるな！　気分が悪くなる！」

気持ち悪いもの、ねえ。僕だってこうなりたくてなったわけじゃないんだよ。しかし、そんなこと言って返しても無意味なこととくらい考えなくてもわかる。だから僕は無視することにした。音楽の音量を周りの雑音が聞こえなくなるまで上げた。無視し続ける僕に対して老人はさらに声を張り上げていた。僕はただただ鬱陶しいと感じるだけで、早く目的の駅に着くことを願った。

僕が聴く音楽は、いつも同じバンドのものだ。渚が、かつての親友が勧めてくれたバンドの曲。その中でも僕と渚が大好きだったのは、明るい曲調でありながら歌詞を聴いてみると恋の嫉妬を歌っているものだった。

目的の駅に着いた。改札を抜けると、見慣れた風景が目の前に広がる。と言っても閑静な住宅街があるだけだが。これから僕は渚と共に過ごした公園に向かう。その覚悟を改めて決める。ゆっくりと一歩ずつ、公園へと向かって行く。

そこは、何も変わっていなかった。あの頃のまま何一つ変わっていなかった。

『おい、なに言ってんだ？　変わっていることあるだろう？』

渚がいない。それだけが変わっていた。そして僕はここで渚を裏切り、絶望のどん底に突き落とした。あのときの静かに、けれども切実に僕に救いを求めていた渚の顔を忘れたことなど一度もない。

「渚……」

返事なんてあるはずがないとわかっていても、それでも名前を呼ばずにはいられなかった。そして僕は自分がしでかしてしまったことの大きさに打ちのめされる。

『お前があのとき俺の手を振り払わずに掴んでくれさえすれば、俺はまだ生きていたかもな』

その言葉が僕の心に刺さる。そう、僕のせいだ、僕のせいで渚は死んだ。渚、すまない。

『おいおいやめてくれよ。お前の勝手な自己憐憫に俺を使わないでくれよ。気持ち悪い』

僕には自分を可哀そうだと思う資格はない。わかっている。頭ではわかっているんだ。いったん昂った精神を鎮めようとタバコに火をつけ、ゆっくりと吸う。しばらくの間、公園のブランコに腰掛け、タバコを吸い続けた。

七本目に火をつけた頃に、小さな子供とその両親が公園に入ってきた。それを見てもう自分はここにいてはいけないと思い、その家族と入れ違いに公園を後にしようとしたときだった。その家族の母親に腕を掴まれた。何か用かと思い、イヤホンを外して振り返ると、声を掛けられた。どうせタバコを責められるんだろうなと思っていたが、違った。

「あの、その傷、どうしたんですか？　それに、何か思いつめたような顔されていますし、何かあったんですか？」

その言葉は僕の想像の斜め上を行くものだった。だが、今会ったばかりの人に自分の話をするほどの気力はない。

「別に、何でもないですよ。それに僕のこと引き留めてもお子さんの教育に悪いだけだと思いますよ」

そう言って、僕は掴まれた腕を振りほどき、公園を後にした。駅に向かう途中、渚の笑い声が絶えなかった。

『はっはっは！　何がお子さんの教育に悪いですよ、だよ！　笑わせるぜ！　せっかくお前みたいな害虫に声を掛けてくれた人の親切心まで無下にするなんて、お前はほんとに救えねえなあ！』

今の僕には他人からの親切を受ける資格すらないのだ。それが僕自身の身を案じてのことであっても、僕はそれを頑なに拒み続けなければならない。

帰り道、ずっと渚は僕を嘲笑い続けていた。そしてそれが聞こえないように、その笑い声が嘘であってほしいと願うように、僕は音楽を大音量で聴き続けた。

家に着く頃には、僕は身体も心も疲れきっていた。シャワーを軽く浴び、ウイスキーのボトルを手に、ベッドの上に座る。そして、黙々とウイスキーを飲んでいく。次第に酔いが回り、そしてそれはやがて吐き気に変わった。連日の荒い飲み方のせいで吐き癖がついてしまったようだ。これじゃあもう、彼女と共に酒を飲みに行けないじゃないか。なぜか僕はそう思った。なぜ僕は今彼女のことを考えた？　なぜだ？　わからない。

そのまま酒を吐いてから、薬を飲んで眠りについた。


四日目――

今日は渚と由奈の墓参りに行く……つもりだった。目が覚めるとひどく眩暈がし、天井さえも上手く目に映すことができなかった。そんな状態で起き上がることなどできるわけがなく、僕はベッドの上から動けずにいた。

時間が経てばじきに治るだろうと思っていたがそんなことはなく、次第に吐き気に包まれ、耳鳴りがしてきた。今自分の身体に何が起こっているのかが全く理解できずにいたが、そんな状態の中で、僕はどこか安心していた。過去の清算に今日は囚われずに済む。そう思ってしまったのだ。

僕は今日だけ、今日だけは過去の楽しい記憶に浸りたい、そう思った。しかし、そんなことを渚と由奈は許してはくれない。

『多少の体調不良ごときで甘えてんじゃねえよ』

『あなたの過去に楽しい記憶なんてないでしょう？』

僕は首を横に振った。僕にも一つくらいは楽しい記憶があるはずだ。それに、僕の過去を全否定してしまえば、渚や由奈と過ごした日々までも失ってしまう。

『失う？　違うだろ？』

『そうよ。あなたが壊したんでしょう？』

僕が、壊した？

『そうだ。他でもないお前自身が壊したんだ』

『私たちの前から逃げ出したのはあなたでしょう？』

僕が壊して、逃げた？

『お前のせいで俺たちは絶望したんだよ』

『あなたのせいで私たちは光を失ったのよ』

僕の、僕のせい？

『それにお前は、俺たちだけじゃなく他の人のことも傷つけたよなあ？』

『あなたのせいであの子は傷つくことになって、可哀そうに』

僕が傷つけた？　渚と由奈以外の人を？　誰だ？　僕は誰を傷つけた？

『お得意の気づかないふりか。やっぱりお前は最低な奴だな』

『見て見ぬふりと被害者面だけは上手ね』

気づかないふり？　見て見ぬふり？　僕は何を見落としている？　僕は、僕は……。

完全に僕の思考は停止していた。そしてそんな僕に容赦無く、渚と由奈の言葉が突き刺さり続ける。そんな中で僕の意識はぷつりと途切れた。


僕は夕方になって意識を取り戻した。そして、その頃には眩暈も吐き気も耳鳴りも無くなっており、僕は意識が途切れる前のことを思い返していた。渚と由奈以外に僕が傷つけた人、それが誰なのか、正常な思考が戻っていまさらのように気づいた。彼女だ。水橋怜羅。

彼女と最後に会った日、別れを告げたときの彼女のひどく傷ついた顔、僕は鮮明に思い出せた。僕が自分を守ることだけを考えて傷つけた。そして逃げた。これじゃあ、渚や由奈のときと同じじゃないか。

僕の存在する意味はあるのだろうか？　他人を、自分にとって大切な人を傷つけることしかできない僕には、生きる資格がないのではないか？

「早く死のう……」

僕は一人暗い部屋の中で呟いた。もう何の迷いもなかった。僕の脆弱な心では、それしか方法が残されていないとさえ思った。

誰かのために生きたい。そんなわがままは僕には許されない。大切な人をこれ以上作ってしまわないように、傷つけてしまわないように、僕はそのために死ぬのだ。もう死ぬことは怖くない。

死に方は首吊り一択だった。そして、せめて可能な限り綺麗に死にたいというのが僕の願いだった。そのため僕は死ぬ直前の三日間は水以外のものを摂取しない。それが明日から始まる。最後の晩餐と言うと大げさだが、それをとるのは今日だ。

僕は一度ベランダに出てタバコを吸ってから、クラゲのストラップが着いた財布を持って家を出た。そしていつもより少しだけ豪華なつまみと缶ビールを一本買い、ビールを飲みながら家に戻った。

家に着く頃にはビールはすでに無くなっており、空き缶を床に置いて代わりにウイスキーのボトルを手に持った。いつもと違い、つまみがあると酒は飲みやすかったため、飲むペースが早く、すぐに酔いが回った。

僕はこのとき彼女のことを、水橋怜羅のことを考えていた。彼女は今どうしているだろうか？　僕が最後に傷つけてしまった彼女は、今はもう立ち直れているだろうか？　それともまだ傷ついたままでいるのだろうか？　彼女には泣いていないでほしい、笑っていてほしい。僕は彼女の笑った顔が好きだった。

ベランダに出てタバコを吸いながら、彼女の笑った顔を思い浮かべる。楽しそうに笑っている顔、嬉しそうに笑っている顔、幸せそうに笑っている顔、優しく笑っている顔、思い出せるだけの彼女の笑顔を思い出す。しかし、最後には彼女の傷ついた顔が浮かび、彼女の笑顔の記憶は吐き出したタバコの煙と共に夜の闇に溶けて消えていった。

部屋に戻ると、明日以降の最後の三日間をどう過ごそうか考えた。遺書とまではいかないが、何かを残したいと思ったのだ。誰に宛てるでもない手紙を書きたい。内容は決まっている。僕が犯してしまった過ちの贖罪。結局僕は自分を守ることしか考えられないようだ。ただの僕の自己満足に使われるとなると、渚や由奈は激昂し、その声は、言葉は深く僕の心を抉るだろう。でも、それでもいい。それを望んでいると言っても過言ではないのだ。僕は最後の最後まで、自分が死ぬべき存在だと自身に言い聞かせたいのだ。

残りのウイスキーで薬を流し込んでから横になった。


五日目――

今日から三日間、僕はこの薄暗い部屋の中で、水だけを口にして過ごす。外界に触れる気は一切ない。そしてこれから僕の身勝手な自己満足が始まる。

デスクの前に座り、ノートとボールペンを手にすると、僕は自身の過去を振り返る。

「渚、僕は今日君に触れるよ」

そう口にした途端、渚の怒鳴り声が聞こえてきた。

『ふざけるな！　お前が気持ちよくなりたいだけだろ！　それに俺を使うんじゃねえ！』

そうだ。僕は気持ちよく死にたい。そしてそのために今から渚を使う。僕がこれからする贖罪は、僕の罪を書き出し、そして僕はどうするべきだったのかを考えることだった。

早速僕は書き始める、僕の罪を。

「よお、凛。今日も来てくれたのか。毎晩毎晩ありがとうな」

「感謝されるようなことじゃないよ。僕が来たくて来てるんだから」

夜中の公園の入り口には自転車が二台並び、ブランコには僕と渚が腰かけていた。

ブランコの鎖がギイギイとなる音と、時折吹く風の音が際立っていた。

「嬉しいことを言ってくれるじゃないか。そうだ、もう知ってるかもしれないけど、俺の好きなバンドが新曲出したんだよ。これまた英語で失恋を歌ってる何とも言えないくらいにいい曲でさ、凛にも聴いてほしいんだよ」

「そのことなら僕も話そうと思ってたんだ。あれは僕たちが好きな曲に次ぐ名曲だよ」

二人以外誰もいない公園で、僕と渚は好きなバンドの新曲について語り合っていた。そこでとどまればよかったのだろう。僕は軽率に超えてはいけないラインを越えてしまった。

「渚、今までずっと気になってて、聞きたかったことがあるんだけど、聞いてもいいか？」

渚は何かを察したのだろう。少し身構えた様子で頷いた。

「渚の腕や足にあるその痣について聞きたいんだ。それはいったい、どこでできたものなんだ？」

渚はやっぱりかという素振りを見せてから、僕でもはっきりとわかる嘘を口にした。

「いやあ、最近家の階段から転げ落ちちゃってさあ、それでいろんな所に痣ができちゃったんだよねえ。あれは痛かったなあ」

僕はそれだけで、渚がそこには触れてほしくないのだと察することができた。しかし、察することができただけで、そこに対する配慮などというものはできなかった。だから僕は、ただの好奇心だけで渚の中に軽率に踏み込んだ。

「渚、毎日階段から転げ落ちるようなことはありえないだろう？　渚の身体の痣が日によって違うところにできたり、増えたりしているのに僕は気づいている。渚さえよければ聞かせてくれないか？」

渚は僕のことを試すような、見定めるような目で見ていた。そんな渚の目をまっすぐに見つめていると、渚はゆっくりと喋り始めた。

「確かに今言ったのは嘘だ。俺の身体に痣ができているのは別の原因がある。うちの父親に暴力を振るわれているんだ」

僕は自分が思っていた以上に重たい現実に息をのんだ。それと同時に軽率に踏み込んだことを後悔もした。

「仕事がうまくいってないらしいんだ。それでストレスの捌け口に選ばれたのが俺だったわけだ。酷いときは弟たちのことすらも殴ろうとする。だから俺は普段から父親からのヘイトを買うように振舞って、暴力の対象が俺一人だけにとどまるようにしているんだ」

僕は何も言えなかった。気休めすらも言うことができなかった。その資格がなかった。

「毎日毎日、酔っ払った父親から酒の入ったグラスを投げつけられて、罵声を浴びせられながら殴られたり蹴られたりしている。そんな父親に耐えきれずに、母親は俺たちを置いて一人で逃げ出した。父子家庭になったせいで、今の俺たちには逃げ場所がないんだ。だから、どうにかして今ある地獄に耐えなきゃいけないんだ。でも俺は、こうして凛と過ごせている間は一時的に地獄から解放される」

黙り込んだままでいる僕に、渚は優しく笑いながら問う。

「凛、明日もまた来てくれるか？」

僕は何も答えられなかった。ただ曖昧に頷いてごまかすことしかできなかった。

渚とは中学一年の冬に出会った。隣の中学校に通っていた渚とは日中に会うことはなかったが、何度か夜中の公園で会うことがあった。初めは挨拶すらしなかったが、互いに存在を認知しだしてからは、一言二言、言葉を交わすようになり、次第に夜中の公園で、二人で長時間話し込むようになった。僕らは考えていることがとても似ていた。その中でも特に似ていたのが音楽の趣味だった。僕たちはよく好きなバンドの曲について語り合っていた。

渚と出会ってから一年以上が経ち、お互いに親友と呼べるほどの関係性になったある日、僕は自身の勝手な好奇心で何の覚悟もなく、渚の中に踏み込んでしまった。その結果、僕はただ渚を傷つけた。

渚の腕や足にはいつもたくさんの痣があった。新しいものから古いものまでたくさんの痣があったのだ。そして僕が好奇心を抑えきれなくなり、その痣について聞いたとき、渚は躊躇しながらもゆっくりと話してくれた。家庭で父親から暴力を受け続ける日々、年下の兄弟を守るために自分だけを標的にさせていること。

当時の僕にはその話は重たすぎた。そして、当然のことながらそれを受け止められなかったのだ。僕は渚を拒絶してしまった。その話を聞いて以降、僕は公園には通わなくなった。それが僕の犯した罪だ。

僕はそのときどうするべきだったのか、今ならわかる。何も変わらない関係を維持すべきだったのだ。あの頃の渚にとっては、恐らく僕と話している時間こそが光であり、救いだったのだろう。暴力を受け続ける日々で、そこから逃げ出し、一時的に嫌なことすべてを忘れられる唯一の時間だったのだろう。だけど僕は渚に寄り添うふりをして逃げた。その結果、渚は自殺したのだ。僕たちが共に過ごした公園で首を吊って死んだのだ。

僕はある日、学校に行く途中にその公園で渚の死体を見つけた。首を吊って、太い木の枝からぶら下がる変わり果てた姿の渚を見つけたのだ。そのとき僕は恐れた。僕のせいで渚は死んだ。僕が渚を殺したと言っても過言ではないのだ。その日僕は、そこから走って逃げ出したことだけ覚えている。それから僕は人と関わることを恐れるようになった。また同じ過ちを繰り返してしまうことが怖かった。

『親友だと思っていたのになあ、お前ならわかってくれると思っていたのになあ、だけどお前は俺を裏切った。俺の覚悟を踏みにじって、逃げ出した。だから俺はお前が許せない』

「渚、すまない」

僕の身勝手な謝罪は火に油を注ぐだけだった。

『俺から逃げ続けたお前が、いまさら謝って許されると思うなよ？ 死ぬその間際まで苦しみ続けるんだよ！ こんなことして楽になれると思うなよ？』

僕は考えることをやめた。いったんベランダに出てタバコを吸う。渚と一緒によく聴いていた音楽を聴きながら。僕たちが大好きだった曲。

『この曲いいよな。こんな明るい曲調なのに、歌詞がずっと嫉妬を歌っていて、それなのに嫌な感じが一切ない。俺はこれを超える曲には出会えない気がするよ。凛もそう思うだろ？』

あの日の渚の声が聞こえた。

「ああ、僕もそう思うよ。これほどまでに綺麗でいて、儚い曲を僕は知らない」

『俺もこんな恋愛してみてえなあ。ここまで一途に誰かのことを好きになれるって、それだけでめちゃくちゃ幸せだと思うんだ。あ、でも一生片想いで終わるのは嫌だなあ。最後には結ばれたい』

笑いながら話すあの日の渚の声が、僕に深く突き刺さる。渚の願いを絶対に叶わないものにしてしまった自分の愚かさが憎い。

『お前の勝手な自己嫌悪に俺を使うんじゃねえよ！』

タバコを吸い終え部屋に戻ると、渚は僕にそう言った。当然の反応だ。

「すまない。許してほしいなんて思っていない。それでも謝らせてくれ。すまない、渚……」

僕の情けない謝罪は暗い部屋に響き、そして返ってきたのは渚の怒号だった。

今日はもうこのくらいにしよう。もう耐えられない。明日は由奈に触れる。

大量の睡眠薬を水で流し込んでからベッドに横になった。意識が途切れるまでの間、ずっと渚の怒鳴り声と由奈の挑発が耳から離れなかった。僕は耳を手で塞いでなんとか聞こえないようにするも、僕の身体の内側から聞こえてくる二人の声を拒むことはできなかった。そして二人の声は容赦というものを知らない。向き合うと決め、すべて受け入れると決めた僕の覚悟ごと僕の心を抉り、引き裂き、砕いていく。

「ごめんなさい。ごめんなさい。ごめんなさい……」

僕はただ許しを請うことでしか自我を保てなかった。

いつの間にか意識を失い、次に意識を取り戻した頃には朝日がカーテンの隙間から漏れていた。

六日目――

僕は恐れていた。昨日まではきっと向き合えると思っていた。しかし、向き合おうとしたときの昨日聞こえた渚の声、過去の記憶の中の渚の声が、僕に過去と向き合うことの、罪に向き合うことの恐怖を植え付けた。それでも僕は向き合わなければならない。僕の過去の過ちに。デスクの前に座り、ボールペンを握る手は震えていた。文字を書くことを身体が、僕自身が拒絶しているかのようだった。

『あはは！　あなたはまた逃げるのね！　本当に弱くて卑怯な人ね。あなたは』

そんな僕のことを由奈は嘲笑う。一度気を取り直そう。僕はベランダに出てタバコを吸った。手の震えが収まるまで、由奈との記憶を辿りながらタバコを吸い続けた。

『そんなことしたって無意味よ。あなたはまた逃げるわ。私と向き合うことなんてできずにね』

僕は首を横に振った。手の震えは収まっていた。

「由奈、今日は君だ」

改めて覚悟を決めるように呟いてから僕は書き始めた。


渚が自殺してから、僕は人と関わるのが怖くてしょうがなくなった。また不用意に相手の中に踏み込んで傷つけてしまうのではないか？　また無意識に相手を追い込んでしまうのではないか？　僕はそれが怖かった。だから僕は新しく入った高校では友達を作ることはせず、自分の周りに壁を立てて、誰とも関わらないようにしていた。

「ねえ、どうしてそんなに周りの人のことを避けているの？」

高校に入って数ヶ月が経った頃、由奈は僕に話し掛けてきた。

「別に、何でもない」

俯きながら答えになっていない答えを返した僕のことを見て、由奈はさらに質問を続けてきた。

「どうしていつもそんなに辛そうな顔をしているの？　どうして今にも泣きだしそうな目をしているの？」

由奈は僕が立てた壁など最初からなかったもののように飛び越え、僕の中に踏み込んできた。しかし、僕は由奈の問いに答えることはせず、それを無視した。

次の日から由奈は毎日僕に話し掛けてくるようになった。

「今日の数学の授業、難しかったよね。姫野君、理解できた？」

「聞いてよ、この間のテストの点数、少し低かったからって親に塾に通わせられそうになってるの」

「昨日帰り道に可愛い野良猫見つけたんだ。近づいたらゴロゴロ喉ならしながらすり寄ってくるの。可愛かったなあ」

由奈の話を僕は無視し続けていた。それでも由奈は話し掛けてくることをやめず、毎回最後に聞いてくるのだ。

「何があったの？」

そんな日々が続いて、先に折れたのは僕の方だった。

「少し重たい話になるけどいい？」

初めて由奈の問いに反応を示した僕を見て、驚きながらも由奈は頷き、僕の話を聞いてくれた。僕のせいで自殺した親友、渚の話を。

由奈はその話をまるで自分の身に起こったことかのように聞き、そして言った。

「姫野君だけのせいじゃないと思うよ。むしろ、他のことの方が大きな原因だと思う」

僕はその言葉に甘えてしまった。誰にも許されないと思っていた過ちを許された気になってしまった。その結果、僕の中に由奈を踏み込ませてしまった。

由奈は心の優しい明るい人だった。僕はその優しさと明るさに救われていた。僕は由奈のことを好きになり、そして依存していた。由奈と関わるようになってしばらく経った頃、僕は由奈に告白をした。

「由奈、僕と付き合ってくれないか？」

「嬉しい。もちろんだよ」

由奈と共に過ごしていくうちに、僕はどんどん由奈に依存していった。そして由奈はそれを優しく笑って受け止めてくれていた。

何かがおかしくなり始めたのは高校三年になり、受験が近づいてきた頃だった。しかし、僕はそれに気づくことはなかった。

「凛、聞いてよ。この間の模試の結果見てうちの親がもっと塾の時間増やしたり、勉強する時間増やせって言うの。嫌になっちゃう」

「そんなに結果悪かったの？」

「んー、まずまずってところかな。Ｃ判定だった。期待してくれてのことなんだろうけど、正直私の行きたい大学じゃないし、やる気も出ないんだよね」

そう言って由奈は笑った。

日々が過ぎていく中で、由奈の顔からはだんだんと笑顔が消えた。いや、僕以外の人の前では笑顔を見せなくなった。僕はそれを、二人でいる時間だけは由奈の癒しの時間になっていると思い込んでいた。

由奈は受験に失敗した。そのときの由奈は僕の前で泣くでもなく、落ち込むでもなく、ただ空しそうに笑うだけだった。

「私って何のために生きているのかな？」

由奈のその問いの意味が僕にはわからなかった。

「親がね、家の中だと私をいないものとして扱うか、お前は失敗作だって言ってくるの。私、精一杯頑張ったんだけどなあ。たった一回の失敗でここまで失望されて、責められて、やってられないよね」

由奈は生気の全く感じられない目で乾いた笑みを浮かべていた。

駅のホームで二人で並んで電車を待っていたとき、由奈は口にした。

「ねえ、凛。私が死ぬって言ったら、一緒に死んでくれる?」

僕は怖かった。ただ泣くことしかできなかった。

「凛、ごめんね」

そう言って由奈は電車に飛び込んだ。


由奈は僕の大きな支えだった。暗く深い闇の中にいた僕のもとに入り込んできた光だったのだ。由奈は僕のことを優しく受け止めて、由奈の中にある光を他でもない僕のためだけに使ってくれていた。

由奈は僕をいろんな所へと連れて行ってくれた。水族館、博物館、植物園……。特に頻繁に行ったのは水族館だった。由奈も僕も人の手があまり加わっていない空間が好きだった。ライトに照らされて、その姿を色づける水の中をたゆたうクラゲ、水の中を優雅にゆらゆらと泳ぐいろんな種類の魚。それをゆっくり時間を掛けて見ながらする由奈との会話は、僕にとって癒し以外の何物でもなかった。

由奈は狭くなり真っ暗になった僕の世界を広げて明るくしてくれた。そのおかげでふさぎ込んでいた僕は次第に回復していった。だがそれと引き換えに由奈の世界には大きな影が射した。

僕が気づいたときには由奈はもう手遅れなところまで壊れていた。虚ろな笑顔を浮かべるようになり、本音を、弱音を、『助けて』という言葉を、吐けなくなっていた。その結果、由奈の世界にあった光は完全に闇堕ちた。

そして由奈もまた、渚と同じように自殺した。僕の目の前で電車に飛び込んで死んだ。僕は電車に飛び込む由奈を、その手を掴めなかった。

僕は由奈と関わるべきじゃなかった。僕の中に由奈を踏み込ませたせいで由奈の光は消え、由奈は生きていられなくなった。僕の抱えていた闇が、由奈の光を全て吸い尽くしてしまったのだ。

『散々あなたの重たすぎる闇を支えてあげたのに、あなたはそれに気づくこともなかったわよねえ？　私がその重圧に苦しんでいたなんて、考えもしていなかったでしょう？』

その通りだった。由奈が救いを求める声をあげることさえ、あの頃の僕は許さなかったのだ。その結果、由奈は僕の目の前で死んだ。

『あのときのあなたの怯えた顔、最高だったわあ。でもね、私は最後まであなたにチャンスを与えていたのよ？　あのときあなたが手を伸ばせば私を救えていたんですもの。でも結局あなたは私を救わなかった。私を見捨てたのよ！』

由奈が由奈ではない何かになったあの瞬間がフラッシュバックした。飛び散る由奈だった肉片、血液。辺りに漂う臭い。そして、飛び込む直前の由奈の表情まで鮮明に覚えている。あのときの光景が目の前に広がる。僕は耐えきれず発狂してしまった。そしてそのまま意識を失った。

意識を取り戻したのは夜中だった。昨日よりも大量の睡眠薬を飲み、ベランダに出てからタバコを吸った。身体中の震えが収まるまでずっと吸い続けた。しかし、震えは収まることを知らず、一箱分タバコを吸ったところで諦めて、ベッドに横になった。

僕は明日死ぬ。死ぬことは怖くない。これは償いなのだ。渚と由奈を殺したことへのとても身勝手で小さな償い。早く死ねと叫ぶ二人の願いを叶えるのだ。

『おい、もっと苦しそうにしろよ！　何穏やかに死のうとしているんだ？』

『そうよ、もっと怯えて絶望しなさいよ！』

二人の声が聞こえてきたところで意識が途切れた。

七日目——

気づくと俺はベランダでタバコを吸っていた。きっと渚と由奈の声に耐えるために腕や両足の太腿を掻きむしったのだろう。塞ぎかけていたはずの傷口は開き、そこから流れ出た血が固まって張り付いていた。だがもうそんなこと、どうでもいいのだ。俺は今日で死ぬ。

腕や両足の太腿に張り付いて固まった血を洗い流すためにシャワーを浴びた。傷口にしみてかなり痛かったが、これが俺が最後に感じることができる痛みなのだと思うと、悪い気はしなかった。

今日一日はどう過ごそうか。もうやることがない、ただひたすらにベランダと部屋を往復して過ごすことになるのだろう。そして夜になったら俺は首を吊る。

俺？　なぜ今僕ではなく、俺が出ているんだ？　もう作り出す必要も表に出す必要もないと思っていた俺という人格。なぜ最後の日に俺が出てくるのかがわからなかった。しばらく考えた後、恐らく最後の日くらい渚や由奈の声を聞くことなく穏やかにいたいという勝手な思いから、無意識に俺が出てきたのだろうと思った。

「最後の最後まで卑怯な奴だな、お前は」

俺は一人呟いた。だが僕になって発狂して過ごすよりは、幾分かましに思えた。下手すると、僕の状態では死ねない、なんてことも十分にありえるのだ。俺は今、俺の人格であることに安堵していた。これでちゃんと終わらせられるはずだ。

俺は死ぬ準備をすることにした。ここでいう準備は、自殺を実行に移すための段取りだ。あらかじめ買っておいた二メートルほどのロープの片側を首を通す用の輪を作るように結び、部屋の中の丈夫な支柱にロープのもう片側をきつく縛り付けて吊るした。

準備が終わると、そのままベランダに出てタバコを吸った。今になってやっと自分が今日死ぬのだと実感が湧いてきた。

俺は何も考えずにタバコを吸っていた。はずだった。気づくとある人物のことを考えていた。俺が殺してしまったかつての親友でも恋人でもなく、俺が最近、自殺の邪魔をした女性、水橋怜羅のことを考えていた。

俺はこのときどうしようもないくらい、彼女の笑った顔がもう一度見たいと思ってしまった。それが許されるはずがないことくらい頭ではわかっていた。それでも俺は、もう一度彼女に会って彼女の笑った顔が見たかった。

一度彼女のことを考え出すとそれは止まることを知らず、次第に俺は死ぬことに対して恐怖を感じてしまっていた。受け入れていたはずの死が、彼女の笑顔を見たいという自分勝手なわがままのせいで受け入れられなくなってしまったのだ。

そして夜になるまで俺は彼女のことを、彼女と過ごした短い間の思い出を、繰り返し呼び起こしていた。夜になっても、俺は死ねずにいた。このままではいけない。どうにかしてこの恐怖を振り切らなくてはいけない。

俺は一度外に出ることにした。どこか行く当てがあるわけではない。ただなんとなく夜の闇に包まれていれば改めて覚悟が決まると思ったのだ。

そうして適当に歩いているうちにある場所に着いた。俺と彼女が出会った線路上に架かる歩道橋。俺はその真ん中からすぐ下の線路を眺めていた。このまま飛び込んで死ぬのもありかもしれないなと思っていると、声を掛けられた。

「お兄さん、飛び込みよりも首吊りの方が多分楽だと思うよ」

その声は俺が会いたいと願っていた人の声だった。彼女の声だったのだ。あの日の俺と同じ言葉を彼女は俺に投げ掛けてきた。俺が唖然としている間に、すぐ真下を電車が一本通り過ぎて行った。

「お姉さん……」

「凛君、良かった。また会えた」

そう言って彼女は優しく微笑んだ。俺は彼女のことをまっすぐに見つめていた。

「なん、で、お姉さんが、ここに」

「なんかここに来たら凛君に会える気がしたんだよねえ。そして来てみたら本当に凛君がいるんだもん。私驚いちゃったよ」

そう言って笑う彼女の顔を俺はずっと見ていた。もう一度見たいと願っていた彼女の笑顔を目に焼き付けるようにずっと見続けていた。

「そんなにじろじろ見られると恥ずかしいなあ。ところで凛君、何かあったの？　私でよければお話、聞かせてほしいなあ」

俺は何も言えなかった。ただ首を横に振り、溢れ出てくる涙を堪えることしかできなかった。彼女はそんな俺を見て、俺のもとまで来て背中をさすってくれた。「大丈夫、大丈夫」と優しく口にしながら。

俺が泣きやむにはかなりの時間が掛かった。その間に真下を電車が三本通り過ぎて行った。

「お、泣きやんだね？　凛君、何があったか私に教えてくれないかな？　力になれるかはわからないけど、私は凛君が辛そうにしている顔は見たくないな。だから、凛君さえよければ、話してくれないかな？」

俺は無言で頷いた。それを見た彼女は満足そうにしていた。

「じゃあここじゃなんだから、場所変えよっか。凛君お腹すいてない？　今日ちょっと晩御飯作りすぎちゃって余ってるから、良かったら食べに来てほしいなあ。それにお酒もちゃんとあるからさ。どうかな？」

俺はまた無言で頷いた。

「決まりだね。じゃあ早速行こうか」

立ち上がり、彼女の住むアパートまで互いに無言で並んで歩いて行った。

もう俺はこの日に死ぬ気はなかった。

＊

凛君が私のことをはっきりと拒絶した日から、私は彼がなぜ私のことを拒絶したのかを考え続けていた。そして最後に彼が見せた悲しげな表情が頭から離れなかった。

明らかに彼は何かを思い詰めていた。彼が口にした『なぎさ』と『ゆな』この二人がその原因だとは、なんとなくだがわかっていた。しかし、何が彼をそんなに追い詰めているのか、見当もつかなかった。私はそれを知らなければならないと思った。けれど私はそれを知る術をもっていなかった。

最後に彼が見せた表情を見て、私はもしかしたら彼が死んでしまうのではないかと不安になった。『これ以上お姉さんと一緒にいたら、きっと僕はお姉さんのこと殺しちゃう』そう言った彼の表情は、そう思わせるには十分すぎるほどのものだった。

私を救ってくれた彼が誰にも救いを求めることができずに死んでしまうのは、あまりにも残酷すぎる。でも今の私では、彼の力になることはできないだろう。それでも、私は彼のために何かをしたい。それが私にできる私なりの彼への恩返しなのだ。

私は、彼と会えなくなってから、彼と初めて出会った歩道橋に毎晩通っていた。なぜだかわからないけれど、そこに行けばまた彼に出会えると思ったのだ。彼にメッセージを送ることもできたが、恐らく返信は来ないだろうと直感していた。そして一週間が経った頃、彼は現れた。変わり果てた姿で。

一週間でここまで人が変わることなんてあるのかと、私は驚いていた。それくらい彼は変わっていたのだ。身体は痩せ細り、目は虚ろで、何より生気を全く感じなかった。そして歩道橋から線路を眺めている彼を見ていたら、それを止めなくてはならないと思った。そうしないと彼は本当に死んでしまう。そう思って私は声を掛けた。あの日彼が私に掛けたのと同じ言葉を。

彼はとても驚いていた。そして今にも泣きだしそうな顔をしていた。そして涙を流しながら嗚咽を漏らす彼のもとへ行き、私はあの日彼がしてくれたように彼の背中をさすっていた。

彼がすべてを話してくれる。無言で頷く彼の目には、それなりの覚悟が見えた。だから私はその覚悟に応えなくてはならない。私の住むアパートに着くまでの間に私も覚悟を決めていた。彼の口から語られることが何であろうと、彼の支えになってみせると。

そうして彼の口から語られたことは、私にとってかなり衝撃的なものだった。

7

俺は自殺に失敗した。いや、未遂すらしていない。彼女がそれを止めてくれたのだ。そして今、俺は彼女の部屋で彼女の手料理を食べながら酒を飲んでいる。久しぶりに食べるまともなものだった。彼女の作った肉じゃがはとても美味しかった。そして、彼女と一緒にいるこの空間はとてもぬくもりに溢れていた。

一通り食べ終え酒を飲んだところで、彼女は俺に質問をしてきた。

「それじゃあ凛君、何があったのか、私に教えてくれないかな?」

俺は無言で頷いた。話す覚悟は決めている。しかし、いつまで俺は俺でいられるかが不安だった。僕になってしまえば死ぬことができなかった今の俺を容赦なく、今まで以上に鋭い言葉で渚と由奈は突き刺してくるだろう。それが怖かった。だけど俺はゆっくりと話し始める。

「前に話した渚と由奈のことは覚えてる？」

「覚えてるよ。凛君のかつての親友と恋人」

「そう、その二人は今はもうこの世にいない。俺のせいで二人は自殺した。そして、ある日から二人の声が聞こえるようになった。聞こえるはずのない二人の声が」

彼女は真剣な目で話を聞いてくれている。大丈夫。このままいけば俺は俺でいられる。

「凛君のせいで自殺したっていうのはどういうことか教えてもらえる？」

「そのままの意味だよ。親から暴力を振るわれていた話を聞きだしたくせに俺が拒絶したから渚は俺と一緒に過ごした公園で首を吊って死んだ。そして、俺の重たすぎる闇で押し潰された由奈は、弱音を吐くことも助けを求める声を出すことすらもできなくなって、俺の目の前で電車に飛び込んで死んだ」

彼女が息をのんだのが聞こえた。

「俺があの日軽率に渚の中に踏み込まなければ、渚は死なずに済んだ。俺の中に由奈を踏み込ませなければ、由奈は死なずに済んだ。二人とも俺という死神に出会ってしまったせいで死んだんだ。そして死んだ後、二人の怨嗟の怒号はやむことはなかった。

俺が最大限苦しんで死ぬことを渚と由奈は望んでいるんだ。それに俺自身、自分に生きている価値はないと思っている。いや、価値どうこうの話じゃない、俺は生きることは許されないんだ」

「凛君、でも私は、凛君に出会ったおかげで生きてるよ。そして、私は凛君に生きていてほしいとも思ってる。少なくとも私から見た凛君は、生きる価値が十分あるよ」

俺は首を横に振った。このままだと彼女は由奈の二の舞になってしまう。そんなことは望んでいない。

『お前に生きている価値があるだってよ！　そんなものねえのになあ！　笑えるぜ！』

『あなたに生きている価値があるだなんて、この子何もわかっていないのね。傑作だわ』

やめてくれ、今はまだ出てこないでくれ。俺はさらに首を横に振り続けた。俺の様子の変化に気づいたのだろう。彼女が何かを言っている。だが、その言葉は俺の耳には届かない。

『早く死ねよ！　それともあれか？　今、目の前にいる人も死なせる気か？』

『今日であなたは死ぬべきなのよ！　あなたみたいな死神に生きている価値なんてないわ！』

「僕、僕は、あ、あれ？　おかしいな？　今は俺のはずじゃ？　あれ？　今は僕？俺？」

完全に気が狂ってしまった。一番恐れていたことが起こった。僕はもうこれ以上、自分で自分を守れない。

「渚、由奈、ごめん。ごめん。ごめん。ごめんなさい。ごめんなさい。ごめんなさい……」

ひたすら謝り続けていた。そして気づくと僕は彼女の腕の中にいた。そこで彼女が掛けてくれた声は、渚と由奈の笑い声の中でも僕の耳にしっかりと届いた。

「凛君、私を見て、君が命を救った私のことを。私は怜羅。水橋怜羅」

そう言って彼女は僕を優しく抱きしめながら頭を撫でて慰めてくれていた。

「れい、ら？　僕が、救った？」

「そう、怜羅。凛君が救ってくれたの。凛君がいなかったら私はもうこの世にいなかったかもしれない。でも凛君がいたから、私はまだ生きていられて、笑ったり、泣いたりできる。だからそんなに自分を責めないで。凛君が救えなかった命があるかもしれない。でも凛君だから救えた命だってここにあるんだから」

僕は目の前の彼女を見る。その目には僅かにだが涙が浮かんでいた。そして、とても優しい目をしていた。彼女はもう一度、僕を優しく抱きしめてくれた。それだけでもう十分だった。

「怜羅、ありがとう。本当に、本当にありがとう」

そう言って再び泣き出した僕を、彼女は優しく抱きしめ続けてくれていた。

*

凛君は泣き疲れたのか、私の腕の中で眠りについた。私はしばらく彼の痩せ細った身体を暖めるように、その形を確かめるように抱きしめていた。そして彼をベッドに運び、そこで寝かせることにした。予想通り彼の身体はとても軽かった。男性の身体とは思えないほどに。

眠っている彼の左腕にあるたくさんの傷。私は本当に彼について何も知らなかったんだなと思った。私と会っているときも彼は、聞こえるはずのない二人の声にずっと苦しみ続け、闘い続けてきたのだ。今の私にできるのは、彼の傷の手当てをしてあげることくらいだった。消毒液を傷口にかけ、包帯で優しく腕を包む。彼が寝返りを打ったとき彼の足からも傷が見えたので、そこも同じように手当てをしていく。

私は彼の頭を撫でながら、彼が夢の中だけでも安らかであるよう願っていた。彼が救えなかった命、そして二人の死を直接目撃したショック、かつての親友と恋人からの恨みの声が聞こえること、私には想像できない苦しみだった。そして同時に、彼が特別悪いわけではないと思った。だからあんなに悲しそうな、辛そうな顔をしないでほしいと思った。

私は彼の寝顔を見ながら、彼の側で支えられるようになろうと、彼にとっての光になろうと心に誓った。

*

いつも見る悪夢。首を吊って死んでいる渚、電車に飛び込み肉片と血液をばらまいた由奈。その二人が死んだ姿のまま僕に向かって早く死ねと言ってくる夢。お前のせいで自分たちは死んだのだと、お前とさえ関わらなければよかったと言われる夢。僅かにあったはずの幸せな時間のことなんてまるで最初からなかったかのように、渚と由奈は僕と過ごした時間のすべてを否定する。

「ごめんなさい。ごめんなさい。ごめんなさい……」

僕はその中で謝ることしかできなかった。そして次第にそれは涙へと変わり、僕は二人の怨嗟の怒号に包まれながら泣き続ける。

そのときだった。声が聞こえた気がしたのだ。渚や由奈の声ではない、別の誰かの声。

『凛君、大丈夫、大丈夫だよ』

声の主はわからなかった。だけど確かに聞こえたあたたかい声。そしてその声が聞こえた後、渚と由奈の声は聞こえなくなっていた。

「怜羅、ありがとう」

怜羅？　誰だそれは？　わからない。でも僕は今確かに怜羅と言った。声の主のことだろうか？　まあ誰でもいい。

そこから見た夢は、誰だかわからないがある女性と二人で過ごしている夢だった。さっきの声の主だろうか？　その女性はよく僕の名前を呼び、そして笑い掛けてくる。

顔もはっきりと見えていなかったが、僕はその笑顔が素敵だと思った。そしてその笑顔をずっと見ていたいとも思った。

腕を組みながら二人でどこかを歩いている。互いに何も言葉を発することはないが、その沈黙はとても心地よかった。

ただ誰かが僕のために隣にいてくれる。ただ黙って側にいてくれる。それは今の僕にとって一番必要なことのように思えた。言葉を交わさずとも相手の想いを感じられることが最大限の愛を受容しているかのようだった。私がいてあなたがいる。それだけで十分すぎるものだった。

「ありがとう。怜羅」

僕はまた誰だかわからない人の名前を口にした。いや、もしかしたら知っている人なのかもしれない。だが今の僕にはそれがわからなかった。ただただ、僕を包み込んでぬくもりを与えてくれる誰かに、僕は心の底から感謝していた。

そして夢の終わりになると彼女は僕のことを抱きしめてくれた。それは最大限の愛に溢れていた。僕はただ泣きながら、そのぬくもりを忘れてしまわぬように自分の身体にそれを刻み込んだ。

「ありがとう」

僕がそう言ったところで目が覚めた。そして横には僕の手を握り、僕にもたれ掛かって眠っている怜羅の姿があった。ああ、夢の中で聞こえていた声は彼女の声だったのだな。

自分の腕や両足の太腿を見ると、僕が眠っている間に彼女が手当てをしてくれたのだろう。包帯がそっと巻かれていた。

「ありがとう。怜羅」

そう言って僕は彼女の頭を撫でた。そして、僕は彼女を起こさないよう起き上がり、彼女をベッドに寝かせ、書置きを残してから家に帰った。

8

僕は家に着くと、薬を飲んでからすぐに病院に行く準備をした。タバコを吸いながらゆっくりと歩いて病院へと向かう。

病院について診察券を出すと今回も待ち時間もなくすぐに名前を呼ばれ、診察室に通された。一週間ぶりに会う先生は、僕のことを見て安心した表情を浮かべていた。そしていつもと同じ言葉を掛けてきた。

「こんにちは。今日も来てくれてありがとう」

僕はそれに対していつも通り軽く会釈を返す。そして聞かれるいつもの問い。

「諸々、調子はどうですか？」

僕はすべて話す。死ぬために使った一週間の日々、そして僕の自殺を止めた彼女の笑顔のことを。

「僕は、渚と由奈のもとへは行けませんでした。死ぬための準備は徹底的にしました。渚と由奈の願いを叶えるべく死のうと、その意志は最後の最後まで揺らぐことはなかったし、死ぬことは怖くない、はずでした。だけどある女性の笑った顔が僕に死ぬことに対する恐怖心を植え付けたんです」

「そのある女性と言うのは、前回言っていた女性のことですか？」

「そうです。彼女がいなければ僕は今日ここに来ることはありませんでした。でも彼女がいたから僕は今こうしてここにいる」

先生は優しい微笑みを浮かべていた。

「その女性について詳しく教えてはくれませんか？」

「彼女は、彼女と出会ったのは、彼女が自殺しようとしているときでした。僕はそれを僕の勝手な自己満足で止めた……」

途中で話すのをやめた僕を、先生は首を傾げてじっと見ていた。

「今のはいったん忘れてください。彼女について話すのには十分すぎる説明の仕方があります。そして、それ以外の情報は蛇足になる」

先生は黙って頷いて続きを促してくる。

「彼女は、彼女の笑顔はとても素敵なんです。それを見たこちらが幸せになれるくらいに」

「確かに、それだけで十分すぎる情報ですね。あなたの話す様子と言葉の選び方から、それがひしひしと伝わってきます」

「それでも僕は彼女を生きる光にしてしまうことを恐れています。由奈のように彼女を闇に染めてしまうかもしれない。それがとても怖いんです。それに死ねなかったと言っても、まだ僕は死の淵でぎりぎり留まっているにすぎません。彼女に関わりすぎれば、僕がその淵から落ちたときに彼女を悲しませてしまうかもしれない。それだけじゃなく、彼女を道連れにしてしまうかもしれない」

先生は少し考え込んだ後、僕に質問してきた。

「あなたにはまだ、かつての親友や恋人の声が聞こえますか？」

僕は首を横に振った。

「今は聞こえません。でもこれは一時的なものかもしれない。次に二人の声が聞こえたとき、それに耐えられる自信が僕にはありません」

「もしかしたらそれは、その彼女のおかげとも捉えられませんか？　その彼女があなたを守ってくれていると」

　僕はまた首を横に振った。それこそ由奈の二の舞だ。

「それじゃあ駄目なんです。いつ死ぬかもわからないギリギリの状態で生きている僕が、誰かの存在を光にしてしまうことは許されない」

「それは誰が許さないのでしょうか？　かつての親友の渚さんですか？　かつての恋人の由奈さんですか？　私にはどうにもその二人ではないと思えてしまうのです。私にはあなたがあなた自身に楔を打って、自分は生きていてはいけないと思い込ませているように思えるのです」

　渚でも由奈でもない、僕自身が僕が生きることを許さないでいる？　改めて気づかされ、僕はしばらく黙り込んでしまった。

「人が生きることを許さない人なんて、基本的にはいないと私は思っています」

「でも、でも渚と由奈は僕を、二人を死に導いた死神である僕を許してはくれない」

「あなたは、あなた自身は、生きたいとは思わないのですか？」

　自分でもわからなかった。ずっと僕は死ぬべき人間だと思っていた。生きていてはいけないと。だから僕は自分が生きたいかどうかなんて、わからなかった。そのときだった、彼女の言葉を思い出したのは。

『私は凛君に生きていてほしいとも思ってる。少なくとも私から見た凛君は生きる価値が十分あるよ』

「僕は生きていてもいいのでしょうか？　生きたいと願ってもいいのでしょうか？　それが許されるのでしょうか？」

「愚問ですね。当たり前です」

先生は強く、そして優しくそう言った。

「それでもまだ僕は自分を許すことができません。ですが少しずつ、向き合おうと思います。それがどんな結果になろうとも。もう逃げません」

そう、僕は逃げ続けてきた。渚から、由奈から、怜羅から、そして自分から。向き合うふりはもういい。

「そろそろ、時間のようです。また来週、来てくれるのを待っています」

「ありがとうございました」

処方箋を受け取り、薬局に寄ってから家に帰り、薬を飲んで、タバコを吸いながらこれからのことを考えていると、スマホから着信音が聞こえた。きっと彼女からだろう。

*

目が覚めるとベッドの上にいた。そして、さっきまでそこにいたはずの凛君の姿はなかった。もう彼に会えなくなるのではないかと不安になったが、デスクの上にあった彼からの書置きでその不安は消えた。

『怜羅、ありがとう。今度お礼をさせてほしい』

書かれていたのはそれだけだった。でもそれだけで十分だった。そして何より、今まで『お姉さん』と呼ばれていたのが『怜羅』と名前になっているのが嬉しかった。
私はすぐにスマホを手に取り、彼にメッセージを送った。
『いつでも空いてるから、凛君の都合いい日に合わせるよ。あ、ちなみに久しぶりに一緒にお酒が飲みたいなあ』
彼からの返信はすぐに来た。そしてその内容が可笑しかった。

『じゃあ、急かもしれないんだけど、今晩でもいい？』

了承の返信をして、そこから何回かのやり取りで夜七時に駅前集合となった。また彼とお酒が飲める。それだけで私は嬉しかった。着替えやメイクなど身支度をしてから、遠足前の小学生みたいにウキウキしながら外に出た。

駅に着くと彼はもう先に来ており、近寄っていくと私に気づいたようだった。

「お、今回は遅刻しなかったね」

「いつも遅刻するみたいな言い方しないでよ。遅刻したことあるの一回だけだもん」

そう言うと彼は楽しそうに笑った。

「店、怜羅が好きなとこでいいよ。どこ行く？」

改めて自分の名前を彼に呼ばれると、なんか恥ずかしい。というか照れる。思わずにやけてしまいそうだったが、なんとか我慢してお店の提案をした。

「ん～、正直どこでもいいんだよね。できれば個室で、席でタバコ吸えるお店がいいなあ。凛君どこかいいとこない？」

「それなら候補あるけど、怜羅の家から少し遠くなっちゃうけど大丈夫？」

「大丈夫に決まっているさ。それに凛君に送ってもらえばいいしね」

それもそうかと言って彼はお店に電話を掛けていた。そして丁度席が空いていたらしく、そこを予約して、二人で並んで歩いて行った。

「あ、そうだ。帰りに家まで送るのはいいけど、潰れて寝たら置いてくから気を付けてね」

「わかった！」

まるで子供と親みたいだなと思いつつも、それが可笑しくて笑ってしまった。彼も多分同じことを思ったのだろう。少し微笑んでいた。

お店に着くと個室に通され、いつものように飲み放題で私はレモンサワー、彼はハイボールを注文した。そしてすぐに彼はタバコを吸うと思っていたのだが、中々吸おうとしない。本当に優しい人だなあ。

「凛君、私凛君が吸ってるタバコのにおいなら好きだから、気にせず吸っていいよ」

「それじゃあ、お言葉に甘えて」

そう言ってタバコを吸う彼の姿はやっぱり綺麗でかっこよかった。しばらくその様子をじっくりと眺めていると、彼は恥ずかしそうに口を開いた。

「あんまりじろじろ見られると恥ずかしいんだけど」

「いいじゃん、私、凛君がタバコ吸ってるの見るの好きなんだもん」

私がそう言ったところでお酒が運ばれてきた。互いに乾杯してからお酒に各々口をつける。彼は一気飲みしていた。

「凛君、前よりも飲み方荒くなったね」

私にそう言われて彼は少し申し訳なさそうにしていた。

「ごめん、最近の酒の飲み方を身体が覚えちゃってて、気を付けるよ」

それだけ身体に染み込むほど、お酒に頼って何かを耐えていたのだろう。新しいお酒を頼んでいる彼を見ながら、そんなことを考えていた。

「ねえ凛君、聞きたいことがあるんだけど、聞いてもいいかな？　もしかしたら凛君が聞かれたくないことかもしれないんだけど」

「いいよ。多分何でも答えられると思う」

「それじゃあ早速、凛君が話してくれた渚君と由奈さんについて知りたいな」

それを聞いた彼は少し困った顔をした。それもそうだ。つい先日話したばかりじゃないか。だから私は、続けて聞く。

「凛君とその二人が過ごした幸せだった時間の話が聞きたいな。無理そうだったら話さなくてもいいんだけど、知りたいなあって思って」

「いいよ。いいけど、もう少し酒飲んでからでもいい？　その方が僕的には話しやすい」

私が頷くのを見て彼は安心したような表情を浮かべた。

それから互いに食べ物を頼み、お酒を飲み進めているうちに、彼は話し始めた。かつての親友と過ごした日々、かつての恋人と過ごした日々のことを。

「渚とは毎日夜中の公園で話をしていたんだ。その内容は学校であったこととか、好きな音楽の話とか、とにかくいろんな話をしたんだ。その中でも特に話していたのが、渚が勧めてくれたバンドの話だね。僕も渚もそのバンドが好きで、いつか二人でライブに行こうって約束していたんだ。結局僕のせいでその約束は守られなかったんだけどね」

守られない約束、私はそれに触れてはいけないと悟った。だから代わりに質問をする。

「そのバンドで一番おすすめの曲ってある？」

「あるよ、ちょっと待ってね」

そう言って彼はスマホとイヤホンを取り出して、イヤホンの片方を私に差し出してきた。互いにイヤホンを耳に着けたところで音楽が流れてきた。明るい曲調で歌詞がすべて英語の曲だった。曲が終わると彼はこの曲について語った。

「これはね、片想いの嫉妬を歌った曲なんだ。僕と渚はこの曲が大好きだった」

穏やかな表情で彼はそう言った。

「歌詞の意味教えてよ。それからもう一回聴きたいな」

すると彼は歌詞の意味をすべて教えてくれた。ずっと好きだった人の結婚式に参加して、来世こそは自分が彼女と結婚するんだという、本当に純粋でまっすぐな嫉妬を歌っている曲で、明るい曲調からは想像もできないものだった。それからもう一度同じ曲を二人で聴いた。

「意味を知ってから聴くと、すごくいいね。いいねしか感想が浮かばないのが悔しいよ」

「僕も同じことを渚に言ったよ。さ、渚の話はここらへんにしよう。次は由奈だ」

私は黙って頷いて話の続きを待った。彼が話し始めるまで少し間が空いたが、何かを考えているのだろう。彼は首を大きく横に振ってから口を開いた。その様子は、どこか以前のようなよそよそしさを孕んでいた。

「由奈との一番の思い出は、お姉さんとも行ったあの水族館に行ったことかな。由奈は生き物が好きでその生態とかに詳しかったんだ。よく水族館でそれぞれの魚の特徴だったり生態を、自慢気に俺に話してくれたんだ。それが俺はとても好きだった」

そう語る彼の表情はどこか悲しそうに見えた。

「俺は水族館で由奈から聞かされるその話が大好きだったんだ。だから俺は何度も由奈をその水族館に誘って、同じ話をしてもらっていたんだ」

「きっと由奈さん、幸せだったんだろうね。自分の好きなことに興味をもってもらえて、しかもそれに関する知識を何回も聞いてもらえるんだもの」

「そうでもないかもしれないよ。何回目かで『もう水族館は飽きた』ってきっぱり断られたからね」

そう言って彼は笑った。私はさらに彼について知りたくなった。次は誰かとの思い出を通して見る彼の姿ではなく、直接彼を通して見る彼のことを知りたくなったのだ。

私の質問の雨に彼は嫌な顔一つせず、ゆっくりと答えてくれた。時々彼が黙り込んでしまうときがあったが、私はそれは話すことを考えているのだろうと思っていた。

一通り会話が終わった後、私は完全に酔っ払っていた。そして、私は彼に一番聞きたかったことを何も考えずに聞いた。

「ねえ凛君、私のことどう思ってる？」

突然のその質問に、彼は少し戸惑っているようだった。その様子が可笑しかった。

「私はねえ、凛君のことが好き。とっても好き。だから、凛君が私と同じことを思ってくれていたら私は嬉しいなあ」

私の告白を聞いて、彼は少し困ったような悲しい顔をしていた。その後、彼は黙り込んでしまった。そして互いに無言のまま時間が過ぎていった。私は何か間違いを犯してしまったのではないか？　明らかに今私は彼を困らせている。もしかしたら今のが原因で彼に嫌われてしまうかもしれない。それだけは絶対に嫌だった。沈黙が私の頭を冷やした。

「ごめんね。変なこと聞いて。困らせちゃったね。気にしないでくれると嬉しいな」

そう言うと彼は少し悲しそうな目をしてこちらを見つめていた。

「俺は、お姉さんが笑っている顔が好きだよ。見ているこっちまで幸せになれるくらいのその笑顔がとても好きだ」

それを聞いた私の顔はきっと真っ赤だっただろう。それくらい彼が言ったことが嬉しかったのだ。

「ふふ、照れるなあ」

　丁度席の時間が来て、お店を出ることになった。今日は彼の奢りだったのでタダ酒だ。

　お店を出てすぐに私は彼の右腕にくっついて自分の腕を絡めた。そしてそのまま手を繋いだ。彼はそれを拒むことなく受け入れてくれた。私の住むアパートまでの帰り道、互いに何も喋らず、沈黙が続いていたが、私はそれが好きだった。なぜだか落ち着いていてあたたかいのだ。

　アパートに着くと、彼は私にあるお願いをしてきた。

「お姉さん、お願いがあるんだけどいいかな?」

「もちろん。私にできることなら何でも言って」

「今週末、渚と由奈の墓参りに行こうと思うんだ。それに付き合ってくれないかな?一人で行って無事に帰ってこれる自信がないんだ」

　彼のかつての親友と恋人のお墓参り。正直、私がついて行っていいものなのかわからないが、こうして頼まれたのだ。断る理由などない。

「いいよ。行こう」

「ありがとう。それじゃあ、おやすみ」

そう言って手を振って彼はタバコを吸いながら帰っていった。

9

約束の日になった。当初は一日にまとめて二人のお墓参りに行く予定だったが、前日になって彼から二日に分けたいと連絡が来た。無理もない、一日で二人のお墓参りをする彼の心の負担を考えれば、二日に分けるのが妥当だ。

今日は彼のかつての親友、渚君のお墓参りに行くことになっている。凛君が言うには、渚君の家庭の事情で少し離れた親戚のお墓に行くことになるらしい。

少し場所が遠いというのもあって、待ち合わせは午前十時に駅前だった。私は少し早く着き、凛君に勧められた音楽を聴きながら彼が来るのを待っていた。しかし、約束の時間を過ぎても彼は待ち合わせ場所に現れなかった。何かあったのだろうか？少し不安になり、大丈夫かとメッセージを送るも返事がない。二十分が経ち、彼が来ないのではないかと思ったとき、やっと彼は待ち合わせ場所に現れた。少し顔色が悪いような気がするが、大丈夫だろうか？

「あ、やっと来た。何かあったの？　一応連絡入れたんだけど」

「遅れてごめん。寝坊した。急ぎすぎてメッセージ気づかなかった。本当にごめん」

「寝坊かあ。まあ許してあげよう。それじゃあ早速行こ？」

それから彼の案内で電車を乗り継ぎ、二時間ほどで目的地の近くの駅に着いた。

「ここから少し歩くことになるんだけど大丈夫？」

「全然大丈夫だよ。不謹慎かもしれないけど、久しぶりの遠出でなんかドキドキしてるくらいだから」

彼は優しく微笑んで歩き出した。三十分ほど歩いたところで、渚君のお墓に着いた。歩いている間、凛君は渚君の家族の現在について教えてくれた。

「渚は自殺する前に、弟たちを自分たちを捨てて逃げ出した母親のもとに逃がしていたらしいんだ。自分たちを置いて逃げた罪を償えって脅し文句でね。渚の墓の場所を探し出すために、一度だけ渚の父親に会いに行ったことがあるんだ。息子を虐待した事実が広まったせいで父親の居場所はすぐにわかったからね。そこから母方の実家の場所をどうにか聞き出して、渚の母親にも会いに行った。不幸中の幸いで渚の弟たちとその母親は、今は暴力とは無縁の生活を送っているよ」

「渚君、弟君たちのこと、とても大事だったんだね」

「ああ、あいつは決して一人だけで逃げ出すような卑怯な奴じゃなかった。とても優しくてとても強い奴だったんだ」

墓前まで行くと、凛君が持ってきていたお花を供え、お参りをした。凛君は長い時間お墓の前で手を合わせていた。そして一応私も、自己紹介程度にお参りを済ませ、お墓を後にした。

彼は疲れたのか、相当衰弱しているようにも見えた。

「どこかで休憩していく?」

「いや、大丈夫だよ。このまま帰ろう」

そしてそのまま来た道を戻り、電車を乗り継いでいつもの最寄り駅に着いた。

「お姉さん、この後時間ある? 少し酒飲まない?」

「お、いい提案だねえ。飲もう」

近くのチェーンの居酒屋に入り、いつも通りの注文を互いにした。

「凛君、今日どうだった? 渚君に伝えたかったこと、ちゃんと伝えきれた?」

私の問いに困惑したような表情を浮かべながら彼は答えた。

「んー、とりあえず言いたかったことは言えたかな。それを渚がどう受け止めるかはわからないけど、俺なりに伝えたいことは伝えきれたと思う」

「それならよかった。ちなみに私は凛君の彼女ですって自己紹介しといたよ」

「まだ付き合ってないはずなんだけどなあ。まあいいか」

「そう、いいんだよ」

そう言って笑っている間にお酒が運ばれてきた。そしてやはり彼はお酒を一気飲みし、すぐに同じものを頼んでいた。

「やっぱり飲み方、荒いね。少しずつでもいいから、ゆっくり飲む練習しようよ。その飲み方続けてたら身体壊れちゃうよ」

「いいんだよ、このままで。俺は積極的に身体を壊しにいくことにしたんだ。それに、このくらいの飲み方じゃないとお姉さんと一緒に酔えないからね」

「そんなこと言わないで、ゆっくり飲んで？　私は凛君の身体が大事だよ」

そんな私のことなど気にも掛けず、彼はまたお酒を一気飲みし、新しいものを頼んだ。なぜだか私はそれがとても悲しかった。

彼のもとに新しいお酒が運ばれてきたとき、私は彼の手からそれを奪い取り、彼の真似をして一気にそれを飲んだ。

「ちょっと、何してんの、それ俺の酒だぞ。しかも一気とか危ないだろ」

「凛君がいけないんだからね？　私がゆっくり飲んでって言ってるのに聞いてくれないから。一気飲みは危ないんだよ？　だから次から気を付けて！」

普段飲んでいる量以上のお酒を一気に飲んだせいで、早くも私は酔っ払ってしまった。そんな私を見て彼はお水を頼み、私に無理やりお水を飲ませてきた。

「うう、お水より、お酒飲みたい」

「だめ、酔いが抜けるまで水飲んで。普段慣れてない人が一気飲みなんかするからこうなるんだよ。次から気を付けてね」

「凛君が悪いんだもん。私の言うこと聞いてくれないからあ」

しばらく酔っ払った私の介抱を彼はしてくれた。そして私の酔いが抜ける頃には、もう席の時間が終わっていた。

「会計、俺がしとくから、ゆっくりでいいから準備して」

「わかったあ」

後で彼にお金を払わなければ。財布を持って彼のもとへと行くと、彼は私が差し出したお金を私の財布に戻した。

「今日付き合ってもらったお礼だと思って」

「ということは、明日も奢ってもらえるってことだね？」

「お、お姉さんにしては察しが良いね」

そう言って笑いながら腕を組み、手を繋いで一緒に帰った。その間、凛君は何度か首を横に振っていたが、何かあったのだろうか？

「今日はありがとう、また明日もよろしく。じゃあ、おやすみ」

私を送り届けると彼はそう言って帰っていった。

次の日、今日は昨日よりも近いので昼過ぎに集合ということになった。集合時間丁度に駅に着くと、まだ彼の姿はなかった。そして昨日と同じく彼は遅刻してきた。とてもひどい顔色で。きっと怖いのだろう。それでも過去と向き合おうとしているのだ。だから私は彼の側で支えてあげなければならない。そう思った。

「ごめんまた遅刻しちゃって。また寝坊した」

「しょうがないなあ、今度からは寝坊しないようにモーニングコールしてあげるよ」

「それは嬉しくないなあ、自然に目が覚めるまで寝ていたい」

私は彼の体調について触れたかったが、彼がわざわざ嘘をついて隠していることを暴こうとは思わなかった。

今回の移動は電車の乗り換えもなく、徒歩も含めて四十分ほどで済んだ。由奈さんのお墓に着いたとき、そこには先客がいた。そしてその先客は彼のことをひどく憎んだ目で睨みつけていた。その様子だけで先客が由奈さんの両親だとわかった。

「いまさらのこのこ現れて、何のつもり？」

女性の方、恐らく由奈さんの母親だろう。その声は冷たく突き刺すような鋭さをもっていた。

「遅すぎるかもしれませんが、向き合う覚悟ができたんです。由奈さんの死に向き……」

「何が覚悟よ！　ふざけないで頂戴！　あなたのせいで由奈は死んだのよ！　あなたの口から由奈の名前は聞きたくないわ！　それにあなたなんかに由奈に会ってなんかほしくないわ！　今すぐ帰って！」

彼の言葉を遮り、彼女は激昂した。人の憎しみの感情はここまで鋭く研ぎ澄まされたものになることを、私はこのとき初めて知った。

「わかっています。俺が由奈さんに向き合う資格がないことは、俺が一番わかっています。それでもお願いです。由奈さんに会わせてください。お願いします」

彼はそう言って頭を深く下げた。それでも彼女は止まることを知らなかった。

「だったら早くここから立ち去りなさいよ！　この人殺し！　それに隣の女は誰よ！新しい女の紹介でも由奈にするつもり？　ふざけるのも大概にしなさいよ！」

隣にいるだけの私ですら彼女の言葉は深く突き刺さった。それを直接受け止めている彼はもう限界のはずだろう。それでも彼は頭を下げ続けた。

その様子を隣でじっと見ていた由奈さんの父親が、ゆっくりと静かに口を開いた。

「君は、由奈が死んだ原因がすべて自分にあると、そう思っているんだね？」

「はい、俺が由奈を押し潰して、由奈が救いを求める声をあげることを許さなかった。その結果、由奈は俺の目の前で電車に飛び込んだ。俺にさえ出会わなければ、由奈は今でも笑っていられたはずだと思っています」

彼はまっすぐに聞かれたことに答えている。とても悲しい問いに。

「君が言う覚悟とはどんなものなのか聞かせてもらえないかい？　それ次第では由奈に会わせてやってもいいと私は思っている。しかし、その覚悟が生半可なものだった場合、私は今ここで君を殺そうとするかもしれない」

彼が息をのむのが聞こえた。そして、彼はゆっくりとその覚悟を口にした。

「俺が今ここに来ていることこそが、俺の覚悟だと思っています。他の誰よりも由奈の死から逃げ続けていた俺が、今ここにいるのがその覚悟です」

彼がそう言った後、しばらくの間沈黙が続いた。

「どうやら君の覚悟は本物のようだね。いいだろう。由奈に会わせてあげよう」

「ありがとうございます」

彼はまた深く頭を下げた。

「あなた正気なの？　こんな人殺しに、由奈を殺した張本人に、由奈を会わせるっていうの？　ふざけないでよ！　そんなの私が許さないわ！」

容赦なく降り注ぐ憎しみに溢れた残酷な言葉、それを直接向けられていない私ですら泣いて逃げ出したくなってしまう。だけど彼は逃げなかった。覚悟を決めた強い目で由奈さんのもとへと歩き出した。

そして彼が由奈さんの前まで行ったとき、由奈さんの母親は彼の頬を張った。

「来ないでって言っているでしょう！　この人殺し！　あなたに由奈を会わせたくなんてないのよ！」

たくさんの言葉を刺されても彼は止まらなかった。そんな彼の頬をもう一発張ろうと彼女が手を振り上げたのを、由奈さんの父親が止めた。

「彼なりの覚悟があるんだ。そこまでにしておけ」

「覚悟が何よ！　許せるわけがないじゃない！」

そう言って彼女は泣きだした。

「確か、姫野君だったね。私たちは君を許すことは一生できない。それでも今回だけは、君のその覚悟に免じて由奈に会うことを許そう。ただし、今回だけだ。次ここに来たら私は容赦なく君を殺す」

静かにゆっくりと紡がれるその言葉には、独特の重みと凄みがあった。

「わかっています。ありがとうございます」

彼がそう言ってまた頭を下げたのを見て、由奈さんの両親はその場を後にした。一気に静かになったその場所で一瞬だけ彼はさっきまでとは違う虚ろな目をした。しかしすぐ、さっきまでの強い目に戻り、昨日と同じく、花を供えてから、彼は長い時間お墓の前で手を合わせていた。私はその様子を離れたところからじっと見つめていた。

　手を合わせ終えると、彼はこちらに向かって悲しそうに微笑みながら口を開いた。

「まさか、由奈の両親に会うなんて想像もしてなかった。ごめんね。辛かったでしょ」

　私は首を横に振った。確かに研ぎ澄まされ、溢れ出した憎しみの言葉は矛先を向けられていない私にすら深く刺さった。だからこそ、直接それを刺された彼が一番辛いに決まっているのだ。

「ううん、私は平気。凛君こそ、大丈夫？」

「ちょっと大丈夫じゃないかもしれない。でも今はお姉さんがいるから少し平気」

　そのまま、お墓を後にし、帰ることにした。こんなとき、どんな言葉を掛けてあげればいいのかが私にはわからない。だから私はお墓を出た直後に彼に向き直って、彼のことを優しく抱きしめた。「大丈夫、大丈夫」と声を掛けながら。彼は最初は驚いていたが次第に私にもたれ掛かり、静かに泣き出した。

「ごめん。ごめん。こんなつもりじゃなかった。ありがとう」

彼はそう言って私の腕を振りほどいた。

「じゃ、帰ろっか。また飲み行こ。今日だけタバコ吸える店でもいい？」

「いいよ。何回も言ってるけど、私凛君がタバコ吸ってる姿が好きだから」

「ありがとう」

そうして、電車に乗っていつもの駅で降り、凛君が一番好きだという居酒屋に入った。お店に入るとすぐに彼はタバコに火をつけた。まるで薬を摂取するかのように一気にタバコを吸っていく姿が痛々しかったが、私はそれを止められなかった。代わりに私は彼に言った。

「凛君、今日は私の飲むペースに合わせてほしいな。でさ、その後、私の家に泊まりに来てよ。そこで追加でお酒飲もう？」

彼は無言で頷いた。けれど彼のお酒を飲むペースは変わらなかった。それどころか昨日までよりも飲み方がとても荒くなっていた。私はそれが悲しかった。しかし彼のその行為を私は止めることができなかった。由奈さんの両親との再会が彼に与えた傷は、それほどまでに深かったのだ。

彼のお酒を飲むペースは速くなり続けていた。そして彼は珍しく私に酔った姿を見せた。

「俺は死神なんだ。だから俺はお姉さんと一緒にいたら、そのうちお姉さんのことも死なせてしまう」

黙々とお酒を飲み続けていた彼が突然そう言った。今の彼にはおそらく私のどんな言葉も届かないだろう。それでもいいから私は彼に自分の想いを伝えた。

「凛君、私は凛君のおかげで今を生きているの。だから凛君は死神なんかじゃない。だからそんな悲しい顔をしないでほしいな」

それを聞いた彼は黙り込んでしまった。私は彼と共に過ごす間で生まれる沈黙が好きだった。けれど今私と彼の間にある沈黙だけは、重く、苦しく、耐え難いものだった。その間も彼はお酒を飲み続け、タバコを吸い続けていた。まるで自傷行為を見せられているような気分だった。だけど私にはそれを止められない。彼の傷を、その深さを知っているからこそ、私には彼の側にいてあげることくらいしかできることがないのだ。

席の時間が近づいてきた頃、彼は口を開いた。そして謝ってきた。

「ごめん。こんな姿お姉さんに見せるつもりじゃなかった。ごめん」

「気にしないで。逆に私こそ支えになってあげられなくてごめんね」

彼は首を横に振った。

「俺はお姉さんがいなかったら渚とも、由奈とも、誰とも向き合えなかった。お姉さんがいたから俺はその覚悟ができたんだ。ありがとう」

そう言いながら席を立つ彼の後ろを付いていくことしかできなかった。今の私には彼に掛ける言葉が浮かばなかった。

お店を出た後、いつもと違い腕を組みに行かない私のことを彼は悲しそうに見つめていた。今にも泣きだしそうな目でじっと私のことを見つめる彼を見ていると、胸が締め付けられるように痛んだ。私は彼を抱きしめた。それが今できる一番の行動だと思ったのだ。彼は私の腕の中で静かに泣いていた。そして謝っていた。私ではない誰かに。

「情けないとこばっかり見せてごめん」

彼は泣きやむとそう言って笑いかけてきた。まるでさっきまでの泣いている姿が嘘だったかのように、それを隠すかのように笑っている彼は、今にも壊れて崩れ落ちてしまいそうに見えた。

「さ、帰ろっか。今日はお姉さんの家でお泊まりかあ、楽しみだなあ」

私は普段通りに接してあげることしかできないと思った。彼と腕を組み、手を繋いで帰る。そうしてあげることが一番彼のためになると思ったのだ。

一度彼の家に洋服などを取りに行くことになり、いつもと違う道を歩いていた。そして彼の住むアパートに着き、少しの間、彼の部屋の中に上がらせてもらったとき私は驚きが隠せなかった。血塗れの床、壁、ベッド、そして部屋の中に漂う血の匂い。それだけで、彼の過ごしてきた日々が地獄のような苦しいものであることがはっきりと感じられた。

彼は私をあまり部屋に長居させたくはなかったのか、手早く必要な物をまとめてきた。そして、目の前の光景に愕然としている私に気づいて、彼は申し訳なさそうに声を掛けてきた。

「ごめんね、こんなの見せちゃって」

気にしてないと言えば嘘になる。しかし、そこで行われていた行為など容易に想像できた。だから私は気にしていないふりをして首を横に振った。

彼の部屋を出た後、私の住むアパートに向かう途中で、彼は自身の部屋で行っていた行為について話してくれた。

「元々、痛いのは嫌いだったんだ。だけど聞こえてくる渚と由奈の声を振り切るには、自分を傷つけるしかなかった。吐くまで酒を飲んでも、喉が火傷するくらいタバコを吸っても無意味だった。それで気づいたらこうなっちゃってたんだ」

笑いながらそう語る彼の姿は、どこか儚いものだった。

私の部屋に着くと交代でシャワーを浴びてから、お酒を飲んでのんびりと過ごした。さっきまでの飲み方が嘘かのように、彼はゆっくりとお酒を飲んでいた。そして話してくれた。彼の過去のことを。聞いたことがあることから、初めて聞くことまでたくさん話してくれた。

「渚が死んだのは紛れもなく俺のせいだった。俺が渚を拒絶したから、渚の中の光が消えたんだ。家庭の事情なんて関係ない。渚を殺したのは俺だ」

「そんなことないと思うよ。確かに、原因の一つになってしまってはいるけど、凛君一人のせいじゃない」

「由奈も同じことを言ったよ。でも全部俺のせいなんだよ。死の淵で必死に生にしがみ付いていた渚のことを救うふりをして手を差し出して、渚がそれを掴もうとしたときに俺はその手を振り払った。俺が渚にとどめを刺したんだ。渚は弟たちは逃がしても、自分だけはその道を選ばずに死ぬことを選んだ。それがすべてなんだよ。その原因を作ったのは、渚から生きる選択肢を奪ったのは紛れもなく俺だ」

軽率な慰めは彼を苦しめるだけだった。私は黙って彼の口から語られることを聞くことしかできなかった。

「渚が死んでから、俺は人と関わるのを避けた。だけど由奈は俺の立てた壁を最初からなかったみたいに飛び越えて俺の中に入ってきた。そしてそのせいで由奈は俺の抱える重たすぎる闇に押し潰されて、救いの声も出せずに死んだんだ。俺が殺したんだ。由奈の遺書には俺のことが山ほど書かれていたらしい。俺のせいで気づけば弱音が吐けなくなったって。それなのに、最後には『凛が幸せになりますように』って書かれていたらしい。笑っちまうよな。自分を死に追いやった人の幸せを願うなんて」

「それなら、その願いを叶えてあげることが由奈さんに対する償いになるんじゃないの？」

「ならないさ。昼間の、由奈の両親に会ったときの反応を見ただろう？　俺が幸せになるなんて許されないんだよ。由奈が死んだとき、葬式で直接由奈の両親に言われたんだ。『娘を殺しておいてお前だけ幸せになるなんて許せない。死ぬまで苦しみ続けろ』ってね」

どうして、どうして彼だけが責められなくてはならないのか、私には理解できなかった。渚君に関しては一番の原因は家庭内暴力だ。それに由奈さんに関しても原因となるものが他に絶対にある。なのにどうして彼だけが悪者にされて、彼だけが不幸にならなくてはいけないのだろう？　私にはわからなかった。

「どうして、凛君だけが責められなくちゃいけないの？」

私は口にしてしまった、一番してはいけない質問を。

「散々自分のことは救ってもらったくせにその相手が苦しんでいることに気づきもせず、限界まで追い込んで最後には裏切ったんだ。それだけで俺が責められる理由は十分すぎるんだよ。今でも二人の死んだ姿を鮮明に覚えている。首を吊って宙ぶらりんになった渚の姿。電車に飛び込んで肉片と血液をばらまいた由奈の姿。そうさせたのは俺なんだ。だから俺が不幸のどん底で苦しみながら絶望して死ぬことを皆が望んでいるんだよ」

そう言った彼はとても悲しく、危うい表情をしていた。彼はもうたくさん傷ついて、苦しんできたのに、まだこれ以上傷つかなければならないのか？　どうしてこんなにも辛い顔をして笑っている彼が不幸に包まれ続けなくてはいけないのだ？

「ねえ、お姉さん。一個だけわがまま言っていいかな？」

彼が突然そう聞いてきた。

「いいよ。一個だけなんて言わないで何個でも言って。私にできることなら何でもするから」

「ありがとう。お姉さん。今だけ俺のこと優しく抱きしめてくれないかな？」

そんなことくらい、いくらでもしてあげられる。私は彼を優しく抱きしめた。そして、彼はまた泣いていた。声を押し殺しながら、静かに泣いていた。私は彼の背中を「大丈夫、大丈夫だよ」と言いながらさすっていた。私の体温で彼の凍ってしまった心が溶けることを願いながら。今まで孤独の中で必死に生きてきた彼を私は救いたい。彼の弱さも強さもすべて優しく包み込んであげたい。私はそう思った。

「凛君、何度でも言うよ。私は凛君に生きていてほしい。私は凛君のことが好きなの。幸せになることが許されないなんて言わないで。もう十分すぎるくらいに凛君は傷ついて、苦しんできたんだから、これからは幸せになることを凛君自身が望んでほしいな。私が凛君の支えになるからさ。だから、一緒に生きようよ」

「俺、僕にそんなこと許されるのかな？　自分でもわかんないんだ。どれだけ過去と向き合ってもわかんないんだ。僕は、僕は……」

「許されるに決まってる。だって凛君は私のことを救ってくれたんだから。だから泣かないで？　私、凛君が笑ってる顔が好きだな」

　彼は泣き続けた。嗚咽を漏らしながら、私の腕の中で泣き続けた。そして何度も「ありがとう」と言っていた。そして泣きやむと私の腕を振りほどいて笑ってみせた。

「怜羅、ありがとう」

　そう言って彼は私にキスをした。

＊

　すべてと向き合うと決めた僕の覚悟は、ひどく脆いものだった。彼女に渚や由奈と過ごした幸せだった頃の話をしているとき、聞こえなくなっていた声がまた聞こえた。しかし、それは今までとは全く違う形をしていた。優しく笑い掛けてくる二人の声が聞こえてきたのだ。そして時間が経つにつれて、それは濃く、鮮やかになっていった。

それは今まで聞こえてきていた怨嗟の怒号よりも僕の心に深く突き刺さった。それから僕は再び俺の人格を表に出した。

本来ならば、僕一人で行かなければならない渚と由奈の墓参りに、彼女を、怜羅を誘ったのは、完全に僕の甘えだった。一人で向き合うのが怖かったのだ。それくらい二人の笑顔を奪った僕の罪は重たかった。

渚が話し掛けてくる。由奈が笑い掛けてくる。そのたびに僕は自身の罪に押し潰されそうになった。そしてその結果、アルコールとタバコを頼り、自傷に逃げた。しかし、それでも二人の声がやむことはなかった。

最初は一日で二人の墓参りをするつもりだったが、今の自分の精神状態ではそれは現実的ではなかった。事情を説明しなくても二日に分けることを了承してくれた彼女には感謝しかない。

墓参り前日、連日の飲酒による強い二日酔いによる頭痛と吐き気、自傷行為による血の流しすぎからくる貧血に耐えながら、近くの花屋に墓に供えるための花を買いに行った。小さい店内には色々な種類の花が置いてあり、最初は無難に仏花を買うつもりでいたが、他の物を選んでみるのもありかなと思い、少し店内を見て回ることにした。そして端の方においてある赤い小さな花が目に留まった。その花をじっくり眺めていると、店員の男性が話し掛けてきた。

「その花、ディアスキアっていう花なんですよ。開花時期が三月から五月と十月から十二月なんですけど、今年は少し早く咲いたんです」

「そうなんですね。なんか綺麗だなと思って、見入ってました。そうだ、この花の花言葉とかってあるんですか？」

「もちろんありますよ。確か、『私を許して』だったと思います。もしお兄さんに今謝りたい人とかがいたら、その花を相手に贈ってみるのもいいかもしれませんよ」

私を許して、か。ピッタリじゃないか。これにしよう。

「あのそれじゃあこの花買わせてください」

そうして俺はディアスキアを買い、店を後にした。

後は明日と明後日を無事に越せればいい。大丈夫、怜羅が側にいてくれる。それだけで渚と由奈にちゃんと向き合える。そう思っていた。

次の日の朝、俺は絶望した。二人の死を直接見たときの光景がフラッシュバックしたのだ。宙ぶらりんになった渚の姿。肉片と大量の血液になった由奈の姿。そして聞こえる二人の声。

『お前のせいで俺は死んだ』

『あなたのせいで私は死んだ』

ゆっくりと告げられる二人の声は、俺を俺ではなく僕に変えてしまった。脆弱な僕の人格のままで墓参りに行くことはできないと直感した。どうにかして俺を、強靭な人格を表に出さなければいけない。しかし、その方法がわからなかった。今からアルコールに頼ることはできない。タバコは恐らくあまり効果がない。行きつく先は自傷行為だった。しかし、いつもと違い、酒による酔いに任せて切るということができず、力加減もその痛みも僕にはわからなかった。それでも僕にはその選択肢しかなかった。腕を切るわけにはいかない。切るなら目立たない太腿一択だった。太腿にカッターの刃を当て、できる限りの力を込めて刃を引く。想像以上の痛みだった。しかしそこまで深く切ることはできず、少し血が滲む程度だった。それを僕は繰り返した。途中でタバコを吸い、また切る。その繰り返しのおかげで、無理やり僕は俺を引っ張り出すことに成功した。

俺は急いで待ち合わせの駅に向かった。部屋を出た時点で遅刻が確定していたのだ。不安そうに辺りを見回している彼女の姿を見つけたとき、彼女に申し訳ないことをしたと思ったと同時に、俺は安堵していた。そして遅刻した理由をどうやってごまかそうか考えていた。その結果、俺がついた嘘は寝坊という嘘とも呼べないほどのものだった。だが、このときの俺の精神状態ではこれが精一杯の嘘だった。

渚の墓まで行くにはかなりの時間が掛かった。そしてその間、渚はずっと俺に話し掛けてくるのだ。それは今までの記憶の中の声でも、怒号でもなかった。

『凛、久しぶりにお前に会えるのか』

『俺は待っているよ。お前に会うのが俺の楽しみだからな』

俺はその声に怯えていた。いつ豹変するかもわからないその声が、とても怖かった。ディアスキアを持つ俺の手はずっと震えていた。でも大丈夫、まだ俺は俺でいられている。それに隣には彼女がいてくれる。俺はギリギリのところで、必死に僕の人格が表に出てこないように耐えていた。

渚の墓に行くのは三回目だった。一度目は渚が死んだ後に俺一人で。二度目は由奈と付き合ってから二人で。その両方とも、俺は渚に謝ることしかできなかった。しかし、謝りながらも渚の死に直接向き合うことはしなかった。でも今日は違う。必ず向き合ってみせる。いや、向き合わなければならないのだ。

渚の墓に着くと俺は持ってきていたディアスキアを供え、墓の前で手を合わせた。そして聞こえてくる渚の声と会話をした。

『お、やっと来たか。ずっとお前のこと待っていたんだぞ』

「渚、久しぶり。今まで逃げ続けてごめん。でも今日は逃げない。俺は今日は渚と話しに来たんだ」

『そんな大した話なんてないだろ？　前みたく、くだらない話でもしようぜ』

「そうだな。そうしよう。俺は今でも渚が勧めてくれたバンドの曲を聴いてるよ。そして俺たちが好きだったあの曲を超えるものにはまだ出会えていない」

『やっぱりかあ。そりゃあ、あんだけいい曲に出会っちまったら、他の曲はそれの前で霞んじまうよ』

「ああ、ライブ、渚と行きたかったな」

『ライブ？　ああ、そんな約束していたな。結局守れなかったけどな。誰かさんのせいで』

俺は地雷を踏んでしまった。そして渚の言葉はどんどんと鋭くなっていく。

『凛、どうしてお前はあのとき俺から逃げたんだ？　俺の中に身勝手に入って来て、荒らして逃げたよな？　お前ならわかってくれると、俺の味方でいてくれると思っていたのになあ』

「すまない。許してくれ。俺はあのとき怖かったんだ。自分じゃどうしようもなかった」

『お前が俺の手を掴んでくれさえすれば、それだけで俺は生きていられたのによお』

そうだ、俺はあのとき無力なりにできることがあったのに、それを見ないふりをしてしまった。

『最初はただ時間がなくて来れなくなったのかと思っていたよ。でも違った。お前ははっきりと俺を拒絶して逃げたんだ』

「俺だって、できることなら渚のことを救いたかった。でもそんな力、俺はもっていなかった」

首を吊って宙ぶらりんになった姿の渚が目の前に見える。

『お前は死んだ俺のことを見てどう思った？』

「全部俺のせいだと思った。俺のせいで渚が死んでしまったと思った」

『思い上がりもいいところだな。全部自分のせい？　勝手にそう思い込ませているだけだろう？　凛、お前は今日何をしに来たって言った？　俺と向き合いに来たんだろう？　それなのに肝心のお前がそれをしようとしていないじゃないか』

俺が、向き合おうとしていない？　そんなはずない。俺にはその覚悟がある。

『凛、こっちを、俺を見ろよ。俺は誰だ？』

俺は顔を上げた。そこには渚の名前が刻まれた墓石があった。

「お前は、俺の、僕の親友の渚だ」

それからは渚の声は聞こえなかった。これでよかったのだろうか？　これで向き合えたことになるのだろうか？　渚は俺を許してくれるのだろうか？　わからなかった。でも伝えたかったこと、いや、伝えるべきことは伝えられたはずだ。渚は僕の親友だと。

その後、彼女も渚の墓の前で少しだけ手を合わせていた。どうやら、俺の彼女だと自己紹介をしていたらしい。勝手な人だ。

墓参りを終える頃には、俺はとても衰弱していた。無理をしすぎたのだ。そろそろアルコールに頼ってもいいだろう。そう思い彼女を飲みに誘うと快く承諾してくれた。俺の身体に染みついた酒の飲み方は、ここしばらくの間でかなり荒いものになっていた。そして一気飲みを繰り返す俺のことを彼女は悲しそうに見ていた。しょうがないじゃないか。こうすることでしか、今、俺は俺を保てない。

新しく運ばれてきた俺の酒を彼女は奪い取って一気飲みした。最初はその行為に驚いたが、すぐに彼女なりの優しさなのだとわかった。どうやら俺の身体を俺以上に大切に思ってくれているらしい。彼女の介抱をしているうちに頭が冷えた。

その後、いつも通り酔っ払った彼女を送り届けてから家に帰った。

明日は由奈の番だ。俺が殺した二人目の大切な人。

目が覚めると、昨日以上に鮮明な光景がフラッシュバックした。正直今すぐどこかに逃げ出したかった。だけど俺は向き合うと決めたのだ。だから俺は必死にそれに抗った。自傷行為とタバコに頼って。

ようやく外に出られるくらいの精神状態になった頃には、また遅刻確定の時間だった。俺は今日も走って彼女のもとまで行った。遅刻した理由が嘘だと彼女はわかっていただろう。彼女の目に映る自分の姿は酷いものだった。それでも俺の嘘を指摘しない彼女の優しさに俺は甘えていた。

由奈の墓に着いたとき、それは最悪なタイミングだった。由奈の両親がいたのだ。俺は思わず持っていたディアスキアを落としそうになった。そして俺の存在に気づいた由奈の両親は、俺に対する憎悪を隠すことなくむき出しにしていた。由奈の母親から浴びせられる言葉の刃。俺はそれに耐えるのに必死だった。しかし、その言葉の刃が彼女に、怜羅に向けられた瞬間、俺はどうしようもない怒りが湧いてきた。だが今の自分には彼女を守れるだけの力も余裕もなかった。

由奈の父親が口を開いたとき、俺は怖かった。自分の覚悟を確かめるその問いに答えるのが、どうしようもなく怖かった。しかし、俺は向き合わなければならない。だから俺は口にした、自分の覚悟を。由奈の父親はそれを受け止めてくれたようだった。けれど由奈の母親はそれでも止まらなかった。近づいていく俺を拒絶し、憎しみに溢れた言葉の刃を吐き出し続けていた。それを由奈の父親が止めたとき、俺は驚いた。しかし、その後に告げられた言葉、二度と由奈の前に姿を現すなという言葉は、この日俺が受けたどんな言葉よりも重たかった。

由奈の両親が去った後、俺はディアスキアを供え、由奈に話し掛ける。

「由奈、久しぶり。昨日渚に会いに行ったんだ。そして今日は由奈に会いに来た。由奈に向き合うために」

『凛、久しぶりね。元気にしてた？』

「いや、残念ながら元気に生きることは俺には許されなかった。でもこうして由奈に会うことはどうやら許されたみたいだ。今日の一度だけ由奈の両親が許してくれたんだ」

『ふーん。凛は私の遺書に書かれていた内容知ってるの？』

「ああ、知っているさ。由奈の両親から聞いたんだ。俺のせいで由奈が救いを求めることさえできずに死んだこと。なのに、そんな俺の幸せを願っていると書いてあったこと。俺にはわからない。どうして由奈を死なせた俺の幸せなんかを願ったんだ？」

『あなたは何も見えていないのね。私は確かにあなたのせいで死んだ。あなたの闇の重圧に耐えきれなかった。でもね、だからと言って私の好きな人の不幸を願うはずがないでしょう？』

何を言っているんだ？　俺のせいで死んだのに、なぜ由奈はそんなことを言うんだ？

『私は最後まであなたの恋人だったのよ？　恋人の幸せを願うことなんて当たり前じゃない』

「でもそんな資格、俺にはない。現に由奈を死に追いやった俺の不幸を由奈の両親は望んでいる。俺が一生絶望して不幸に包まれることを望んでいるんだ。そんな俺が幸せになっていい訳がないだろう？」

『それじゃあ、あそこであなたのことを見つめている人は誰？　あの人は凛の大切な人じゃないの？』

「彼女は俺の大切な人だ。でも駄目なんだよ。このままじゃ由奈の二の舞になる」

『本当にあなたは何も見えていないのね。それでよく私に向き合おうと思ったわね。よく見て？　私は誰？　私が凛に望んだことは何？』

「君は、由奈。僕の大切な恋人。そして、僕の幸せを願った人」

『そう。それでいいのよ』

それから由奈の声は聞こえなくなった。いいのか？　俺が幸せになっても。もう俺は自分がどうしたらいいのかわからなかった。ただ俺を保つことで精一杯だった。

俺のことをじっと見つめていた彼女のもとへ、ゆっくりと歩いて行った。そして墓を出たとき、彼女は俺のことを抱きしめてくれた。彼女がいてくれてよかった。彼女がいなかったら、俺はきっと何にも耐えられなかった。俺が泣きやむまで彼女は俺をずっと抱きしめてくれていた。そのぬくもりは俺には贅沢すぎるものだった。

今すぐに、酒とタバコに頼りたかった。酒とタバコに溺れたかった。彼女と共に俺の一番好きな居酒屋に行き、そこで俺はタバコをいつもよりも荒く、深く吸った。そして、彼女の願いを無視して酒を飲み続けた。今日は彼女はそれを止めようとはしなかった。由奈の両親との再会で向けられた言葉による傷を癒すにはそれしかないとわかっていたのだろう。

俺はいつか必ず彼女から離れなければならないと思った。そう口にした俺の言葉を、彼女は優しく否定してくれた。だけど俺はそれ以上何も言えなかった。

店を出る頃には、彼女に見せるべきではない姿を見せてしまったと俺は後悔していた。そして店を出た後、いつもならすぐに近寄って来て腕を組んでくる彼女がこちらをただ見つめているだけだった。俺はそれがとても悲しかった。でも、彼女は俺のことをまた抱きしめてくれた。それだけでまた泣いてしまう自分が情けなかった。そして俺は誰かに謝り続けていた。

俺が泣きやむと彼女はいつも通り腕を組み、手を繋いできた。そして、彼女の家に泊まるのに必要な着替え等を取りに一度俺の家に寄ることになったのだが、彼女を部屋の中に入れたのは間違いだった。彼女は目の前に広がる血塗れの床、壁、ベッドを見て目を見開いていた。

きっと俺の部屋の中で何が行われていたかは、簡単に想像がついただろう。だけど俺は彼女の家に着くまでの間に自分がしていたことの説明をした。できるだけ重くならないように淡々と。

彼女の家に着くとシャワーを浴び、ゆっくりと酒を飲んだ。このときくらいは時間を掛けてゆっくりと飲むべきだと思ったのだ。きっと荒い飲み方をしたら、彼女は悲しい顔をする気がしたのだ。

ゆっくりと酔いが回っていくと俺は過去の自分の罪について、改めて彼女に語った。渚を救うふりをしてその手を振り払ったこと。由奈を自分の闇で押し潰して殺したこと。由奈の遺書に書かれていたこと。由奈の両親から掛けられた言葉のこと。

彼女はすべて真剣に聞いてくれた。そして彼女は俺に聞いてきた。なぜ俺だけが責められ続けなければならないのかと。そんなの決まっている。誰とも向き合わず逃げ続けた俺が笑うことなど、幸せになることなど、生き続けることなどは許されないのだ。どれだけ過去と向き合ってもそれは変わらない。卑怯な俺は他人から責められ続けて当然の存在なのだ。彼女はとても悲しそうな顔をしていた。まるで俺の口から語られたことが彼女自身のことであるかのような表情をしていた。

本当は俺自身も何もわかっていなかった。本当に渚と由奈を殺したのは、死に導いたのは俺だけなのか、なぜ俺は笑ってはいけないのか、なぜ俺は幸せになってはいけないのか、なぜ俺は生きていてはいけないのか、わからなかったのだ。

俺は最後の甘えを口にした。もう一度優しく彼女に抱きしめられたいと。きっとそのとき、俺は俺でなく僕になってしまう。だがそれでも、彼女の優しいぬくもりに包まれたかった。

俺の願いを彼女は受け入れてくれた。そして、その優しさの中で俺は泣き続けた。その間、彼女は「大丈夫、大丈夫だよ」と声を掛け続けてくれた。それから彼女は俺に最大限の優しさをもった言葉を掛けてくれた、今まで誰からも掛けられたことのなかった言葉を。俺に生きていてほしいと、俺に幸せになってほしいと、彼女はそう言った。

俺は、僕は、それでもわからなかった。自分にそれが許されるのかが。それを彼女が許してくれた。そして僕の笑っている顔が好きだと言ってくれた。僕はそれだけで救われた気がした。涙が止まらなかった。嗚咽を漏らしながら幼い子供のように泣き続ける僕のことを、彼女はずっと優しく抱きしめ続けてくれていた。

涙が止まったとき、僕はそのときできる精一杯の笑顔を彼女に見せた。そして怜羅にキスをした。

10

彼が私にキスをした後、二人で抱き合って眠った。そして私が起きて目を覚ましたとき、そこには彼の寝顔がある。はずだった。しかし、そこに彼の姿はなく、昨日抱き合って眠っていたのが嘘だったかのように、彼のぬくもりは、彼のいた跡は、残っていなかった。

彼はどこに行ってしまったのだろう？　きっとまた今までみたいに書置きを残してどこかに行ったのではないか？　そう思って部屋の中にあるはずの彼の痕跡を探していると、やはりデスクの上に彼の痕跡があった。私は安心した。そしてそこにある彼の残していったものを手に取ると、それはただの書置きではなく、彼からの手紙だった。改まった内容の丁寧に紡がれた言葉がそこにはあった。

怜羅へ

　直接話すのは恥ずかしいし、上手く話せる自信がないから、手紙を書きます。少し長くなってはしまいますが、最後まで読んでもらえると嬉しいです。

　初めて出会った日のことを覚えているでしょうか？　僕が怜羅の自殺を止めた日のことを。あのとき僕は、死にたい人は勝手に死ねばいいと思っていました。そして自分自身にもそう言い聞かせていました。しかし、目の前で電車に飛び込もうとしている怜羅を見ていたら、その姿が由奈に重なったのです。そして僕はそれを止めなくてはいけない。たとえそれが相手のためにならなくても関係ない。そう思って僕は怜羅に声を掛けました。とても頭の狂った方法で。きっと怖かったでしょう。ただ自殺を邪魔するだけではなく、他の方法を勧める僕のことが。実際、あのときの怜羅の目は僕に対して怯えているように見えました。そして死にたくないと言って泣いていた怜羅の姿を見て、僕は初めて正しい行動をしたと思えたのです。

　それから怜羅と酒を飲んで過ごした時間。あれはあのときの僕にとって最大の贅沢な時間でした。ですがそんな贅沢、あの頃の僕には許されていなかったのです。僕はずっと脆弱な自分を守るために俺という強靭な人格を作り出していました。ですが、怜羅と二人で過ごしているとき、俺の人格のときには今まで起こらなかったことが起きたのです。渚と由奈の声が聞こえるようになってしまったのです。当然のことながらそのときの二人は僕に対し、数々の罵声を浴びせ続けました。俺という人格を表に出していても僕はそれに耐えることができませんでした。

怜羅と水族館に行った日、あの日僕の精神は限界でした。フラッシュバックし続ける過去の記憶。聞こえ続ける、聞こえるはずのない声。僕はそれでも怜羅と過ごす時間を大事にしたいと思っていました。でも、怜羅が僕のことを好きだと言ったとき、僕は恐れたのです。由奈の二の舞になることを。しかもそれだけではなく、それ以上に僕は恐れたのです。聞こえてくる渚と由奈の声がより凶暴になることが怖くてしょうがなかったのです。潮時だと思いました。僕は怜羅から離れなければならない。他でもない自分自身が傷つかないように。本当に卑怯な話です。

それからの一週間、僕は自分の命を終わらせるために、すべての時間を使いました。過去の自分の罪に向き合うふりをし、聞こえてくる渚と由奈の声をすべて受け止め、自分は死ぬに値する人間なんだと思い込ませるように過ごしていました。ですが、その日々の中で、無意識のうちに怜羅のことを考えている自分がいたのです。怜羅の笑顔をもう一度見たい。そんな自分勝手な願いが僕に死ぬことの恐怖心を植え付けました。そして僕はそれを振り払うために外に出たのです。そこで、怜羅に再会してしまった。

僕はこのときのことを忘れはしません。初めて出会った日に僕が告げた言葉を、怜羅が僕に言ってくれた。それだけで死に向かう僕の覚悟は揺らいだのです。そして優しく微笑みかけてくる怜羅のことを見ているうちに、僕の中で何かが崩れたのです。その結果、今まで決して他人に見せることのなかった自分の弱さを、涙を怜羅に見せることになりました。あのとき側で寄り添ってくれてありがとう。

僕が渚と由奈の死について語ったとき、僕は聞こえ続ける二人の声の中で発狂してしまいました。でもそんなとき、二人の声の中ではっきりと聞こえたのです、怜羅の声が。そして優しく抱きしめてくれたあのぬくもり。そのときだけは僕でいても二人の声は聞こえなくなりました。

僕はいつも見る悪夢がありました。首を吊って宙ぶらりんになって死んだ渚と、電車に飛び込み、肉片と大量の血をばらまいて死んだ由奈が、その姿のまま僕に早く死ぬよう叫ぶ夢。その怨嗟の怒号に包まれる中で、僕は泣きながら謝り続けることしかできなかった。ですが、この日だけは違ったのです。僕の名前を呼び、大丈夫だと語り掛けてくる優しい声が聞こえたのです。目が覚めたとき、それが怜羅の声だったのだと気づきました。そして傷だらけの僕の左腕と両足の太腿、そこには優しく包帯が巻かれていた。目を背けたくなるような傷だったと思います。それでも傷の手当てをしてくれてありがとう。

僕はもう渚と由奈の声が聞こえてくることはないだろうと思っていました。完全に油断していたのです。だからあの日、渚や由奈と過ごした幸せだった頃の話を怜羅にしたときに聞こえてきた二人の声が、僕の心に深く突き刺さりました。今までの怨嗟の怒号とは違う二人の声、優しく笑い掛けてくる声が、僕の犯した罪の重さを改めて自覚させました。そして僕はもう一度、今度こそ過去に向き合わなければならないと思ったのです。ですが、僕は一人で過去に向き合える自信がありませんでした。だから怜羅に頼みました、二人の墓参りに付き合ってほしいと。

二人の墓参りに行くまでの間の日々は、今まで以上の地獄でした。二人はずっと僕に笑い掛けて、話し掛けてくるのです。生きていた頃、僕が二人を裏切る前のように。

僕が奪った二人の貴重な命。その罪を嫌と言うほど突き付けられ続けました。それに対して僕は酒とタバコ、自傷でしか二人の声を振り払う術を知りませんでした。僕の部屋を見ましたよね。あそこで行われていたことは容易に想像できたと思います。僕にとっての地獄を耐えきった結果が、あの部屋の惨状なのです。

二人の墓参りに僕が供えた花を覚えているでしょうか？　あれはディアスキアという花です。花言葉は『私を許して』です。こんな小さなことでしか二人に自分の想いを伝えられない僕の弱さの表れです。

墓参りに行く直前、渚と由奈が死んだ光景がフラッシュバックしました。そのままの精神状態で墓参りになんて行けるはずもなく、僕はどうにかして俺を引っ張り出しました。しかしそれには時間が掛かりすぎた。それでも怜羅はずっと僕のことを待っていてくれた。僕にとってそれは、とてもありがたいことだったのです。

渚と向き合ったとき、僕は渚の声に対して怯えていました。いつ豹変するかもわからない渚の声、そして自分の罪に向き合うこと、僕は怖くてしょうがなかった。それでも僕は向き合えた。側にいてくれる人がいたおかげで。

由奈の墓参りは、怜羅にとっても辛いものになってしまったと思っています。由奈の両親との再会。由奈の母親は僕に対する憎悪をむき出しにして言葉を吐き出し続け、由奈の父親は僕に対する殺意を静かに煮えたぎらせていた。僕は正直、それだけで倒れそうなくらい限界でした。あのとき優しく抱きしめてくれてありがとう。

昨夜、怜羅の家で僕が語ったこと。改めて二人の死について語った僕に対し、なぜ僕だけが責められなくてはならないのかと怜羅は聞いてきましたね。二人の死からも、周りの人からも逃げ続けた卑怯な僕は、責められて当然だったのです。そして生きることも許されなかった。僕の最後のわがまま、もう一度怜羅に抱きしめられたい。その腕の中の優しいぬくもりに包まれたい。本来ならこんなこと許されるわけがなかったのです。でも怜羅はそんな僕に言いましたね、生きてほしいと。幸せになってほしいと。僕は何もわからなくなってしまいました。そして、ただ泣き続ける僕を抱きしめ続けてくれた。それだけで十分だったのだと気づきました。

今、怜羅の寝顔を見ながらこの手紙を書いています。そして最初はこの手紙を残して怜羅のもとから姿を消そうと思っていました。このままいけば由奈の二の舞になってしまう。そう思っていたのです。ですが、僕はもう少しだけ、自分にわがままを言うことを許そうと思ったのです。怜羅の側にいることを、僕の命を繋ぎ止めてくれる人の側にいることを、僕自身に許そうと思ったのです。なので、これは別れの手紙ではなく、感謝の手紙になります。

改めて言わせてください。僕を好きになってくれてありがとう。僕の側にいてくれてありがとう。僕を抱きしめてくれてありがとう。生きることを許してくれてありがとう。

凛より

私は彼にとっての大切な人になれたことを嬉しく思う。そして、まだ彼が私の側にいてくれる。それだけで、私は幸せなのだ。手紙を読み終え、胸に抱えてその余韻に浸っていると、玄関のドアが開いた。そしてそこには彼の姿があった。

「おかえり。どこ行ってたの？」

「ただいま。ちょっと野暮用でね」

*

目を覚ますとそこには怜羅の綺麗な寝顔があった。僕はそれをずっと眺めていたかったが、今日は行くところがある。怜羅を起こさないようにベッドから出て、その寝顔を眺めながらゆっくりと手紙を書く。最初は別れの手紙の予定だった。しかし、由奈の最後の言葉を思い出したのだ。『凜が幸せになりますように』、その言葉を思い出したとき、僕はもう少しだけ自分にわがままを許そうと思い、急遽感謝の手紙に変えた。

手紙を書き終えると音を立てないようにゆっくりと部屋を出て、自分の家に向かった。そこでシャワーを軽く浴び、身支度を整えてから、病院へ向かった。

今日は少し混んでいたため、診察券を出してから、少し待ち時間があった。渚と僕が好きだった曲を聴きながら、名前が呼ばれるのをゆっくりと待つ。

今頃怜羅はどうしているだろうか？　まだ眠っているだろうか？　それとも、もう手紙を読んでいるのだろうか？　彼女のことだから全部読み終えないうちに慌てて僕を探しに外を走り回る可能性もある。それはそれで面白いなと思った。彼女から連絡が来ても無視しよう。ぎりぎりまで不安を煽って、その反動を利用しよう。そんなことを考えていると名前を呼ばれた。

診察室に入るとやはりいつもの言葉が先生から掛けられる。

「こんにちは。今日も来てくれてありがとう」

「こんにちは」

僕は初めてその挨拶に対して言葉を返した。いつもと違う僕の様子に気づいたらしい。先生はどこか穏やかな表情をしていた。そしていつもと同じ質問をしてくる。

「諸々、調子はどうですか？」

僕はこの一週間であったことをすべて話す。

「渚と由奈の墓参りに行ってきました。そこで二人と初めてちゃんと向き合って話をしてきました。いろんなトラブルもあったけど、無事に終えることができました」

先生は優しい表情で頷いた。

「どんな話をしたか聞いてもいいですか？」

「渚は僕の親友。由奈は僕の恋人で僕の幸せを願った人。それがすべてでした」

答えになっていない答えだが、ちゃんと伝わったらしい。先生はそれについて聞いてくることはなかった。その代わり別の質問をしてきた。

「起こったいろんなトラブルとはどんなものでしたか？　そしてそれにどう対処しま

したか？」

「由奈の両親に再会したのが一番大きいトラブルでした。由奈の両親は僕に対して容赦なく罵声を浴びせ続けました。正直、僕一人では耐えられなかったと思います」

「一人では、ということは誰かと一緒にいたのですか？」

僕は頷き、言葉を続ける。

「怜羅が、僕にとっての大切な人が側にいてくれたおかげで、僕は何とか正気を保っていられました」

先生は優しい表情を浮かべている。

「気づいたことがあるんです。今まで聞こえていた渚と由奈の声は、僕が勝手に作り出したものだということに。自分の罪を忘れないために僕が作り出したんです。でも忘れないようにすると同時に、僕はそれから逃げるために二人の声を作り出した。でももう、そんなことをする必要はなくなりました。だからもう、二人の声は僕には聞こえない」

「ずっと苦しみ続けてきた姿を見ていたからこそわかります。それがあなたにとって、とても大きなことだと」

そして僕は今日一番言いたかったことを口にする。僕のこれからを。死の淵にいる僕の腕を引っ張ってくれた人のことを。

「僕はもう少し生きてみようと思います。そして幸せになる努力をしてみようと思います。それが許されると、その資格があると、僕に言ってくれた人がいるんです。だから僕はその人のために生きたい。今はまだ死の淵を歩いている状態です。でもそんな僕に手を差し伸べて、優しく抱きしめてくれる人がいるんです。今度は由奈の二の舞にはならないように、その人に甘えるのではなく、その人のために、その人の笑顔を見るために生きてみようと思うんです」

「素晴らしいことです。私もできる限りのサポートをします。ぜひ、あなたなりの幸せを掴み取ってください」

そこで今日の診察は終わった。薬局へ寄り、一度自分の家に帰ってから、怜羅の家に向かう。その途中で美味しそうなパン屋を見つけた。いつも通っていた道なのに、時間帯のせいか気づくことのなかったその店に立ち寄り、自分の分と彼女の分のパンを買い、店を出た。

タバコを吸おうかとも思ったが、なぜだか昼間の独特な幸せを含む空気を胸いっぱいに吸い込みたくなり、タバコを吸うのはやめた。

そして怜羅の家に着いた。僕は玄関の前で一度深呼吸をしてからその扉を開ける。すると中から彼女の声が聞こえてきた。

「おかえり。どこ行ってたの？」

「ただいま。ちょっと野暮用でね」

そう言って部屋の中に入っていくと、彼女は僕の持っているパンの入った袋に気づいたらしく、それを見ながら近寄ってきた。

「わあ！　これ私の好きなパン屋さんのパンだ！　凛君これ買いに行ってくれてたの？」

本当は違うがそういうことにしておこう。僕は無言で頷くと袋の中のパンをすべてテーブルの上に広げた。

「こんなにたくさん！　凛君ありがとう！　どれから食べようかなあ、迷うなあ」

と言いながら、うっとりとした顔をしている彼女が可愛らしかった。ん？　待てよ？　この人、これ全部食べようとしてない？

「これ全部あげるわけじゃないからね？　僕も食べるからね？」

「えええ！　全部食べれないのお！」

そう言って頭を抱える彼女が愛おしかった。そして、彼女は真剣にどのパンを食べようか悩んでいる。そして、いいことを思いついたと口を開いた。

「そうだ！　凛君、パン全部半分こしようよ！　そしたら量は少ないけど全部食べれるよ！」

おお、彼女にしては名案だな。そんなことを思っていると、僕の許可など関係ないらしい。彼女は早速、目の前のパンを半分にちぎり出した。まだいいよって言ってないんだけどなあ。まあいいか。僕も目の前のパンを手に取り、半分にちぎっていく。すべてのパンを半分にちぎり終え、互いに好きな物から手を付けていると、彼女が思い出したかのように口を開いた。

「凛君、そういえば、お手紙、読んだよ。凛君って意外と乙女？　な部分あるよね」

「うるさい、そして忘れろ」

完全な照れ隠しだった。でもこうして彼女と会話ができていること自体が、今の僕にとってはとても幸せなことだった。

「そうだ凛君、私ずっと聞きたかったことあるんだけど」

の？


「ん？　なに？」

「告白の返事！　いつまで待てばいいの？」

あ、完全に忘れてた。でも今なのか？　今答えなきゃいけないのか？　心の準備ができてないぞ。それにこういうのって、もう少しロマンチックな方がいいんじゃないの？

うろたえる僕の様子を彼女はじっと見つめている。そしてその目は少し笑っていた。こいつ、楽しんでやがる。

「いつまでも待っててよ。なんか、あえて答えない方がいい気がしてきた」

「えええ！　なんでさ！」

「嘘だよ。怜羅、好き。付き合って」

急な僕からの告白に彼女は顔を真っ赤にし、恥ずかしがっていた。形勢逆転。やってやったぜ。もうここまできたらロマンチックかどうかなんて関係ない。いかに面白くやるかだ。照れている彼女を笑いながら見つめているが、中々返事がない。急かすか。

「で、返事は？」

彼女は顔を真紅に染めたまま僕の方に向き直って、僕が今まで見た中で一番の笑顔を浮かべて口を開いた。

「もちろん付き合うに決まってるでしょ！」

そう言って彼女は僕に抱きついてきた。そしてこのとき聞こえるはずのない声が聞こえてきた。

『凛、幸せにな』

『凛、幸せにするのよ』

ああ、当たり前だ。僕を救ってくれた彼女のことを幸せにする。彼女と幸せになる。そのために僕は生きる。渚と由奈に心の中でそう誓った。

腕の中の彼女を引きはがし、僕は怜羅にキスをした。

著者プロフィール
緋山 宥（ひやま ゆう）
2002年9月20日生まれ。北海道出身、千葉県在住。
うつ病により千葉大学を中退。友人の勧めにより物語を書き始めた。本書が初の著書。

君という光

2025年 4 月15日　初版第 1 刷発行

著　者　緋山 宥
発行者　瓜谷 綱延
発行所　株式会社文芸社
〒160-0022　東京都新宿区新宿1－10－1
電話　03-5369-3060（代表）
03-5369-2299（販売）

印刷所　株式会社暁印刷

ISBN978-4-286-26407-3